4
Author — Yusaku Sakaishi
坂石遊作
Illustration — Canata Katana
刀 彼方
「ケイル＝クレイニア、
私の眷属になって――
グランセル杯で優勝してください！」
JN034943
ミカエル
天使族を統率する
四大天使の一人にして、
火を司る大天使。
突如ケイルの前に現れ、
自らの眷属となり
武闘大会グランゼル杯へ
参加するよう願う。
最弱無能が玉座へ至る
Tales of Taking the Throne Who the Weakest and Incompetent Student
―人間社会の落ちこぼれ、亜人の眷属になって成り上がる―

ミュア＝クレイニア
ケイルの妹にして、最強の剣姫。
エディ
光を操る力を持つケイルのクラスメイト。天使族ではないはずだが……

第二章 ── グランセル杯開幕

ケイル＝クレイニア
今回は天使の眷属となって
戦うことになった王の力を持つ少年。
妹のミュアにバレないよう、
顔を隠している。
クロウ
土を司る大天使・ウリエルの部下。
グランセル杯に参加して
ケイルたちと敵対する。

ケイルは、部屋の中心にいるエディを見て――硬直する。
美しい金髪に女顔。
男とは思えないような華奢な体躯に白い肌。
そして――妙に可愛らしい下着と、
柔らかそうな胸の膨らみ。
「…………エ、ディ？」

最弱無能が玉座へ至る4

～人間社会の落ちこぼれ、
亜人の眷属になって成り上がる～

坂石遊作

HJ文庫
998

口絵・本文イラスト　刀彼方

4

Tales of Taking the Throne
Who the Weakest and Incompetent Student

CONTENTS

プロローグ

魔界《まかい》から帰ってきて、十日が経過した頃《ころ》。

俺《おれ》は平和に学園生活を満喫《まんきつ》していた。

（今更《いまさら》だが……魔界に攫《さら》われたのが、夏休みでよかったな）

怒濤《どとう》の日々を過ごしていたのですっかり忘れていたが、俺たちへイリア学園の生徒はつい先日まで夏休みだったのだ。

夏休みの前半は、アイナに案内されて獣人《じゅうじん》領へ行った。

夏休みの後半は、エレミーに攫われて魔界へ行った。

どちらもその内容は、気楽な旅行とは言い難《にく》い。寧《むし》ろ血みどろの戦いに身を投じる羽目となった。

ここ最近の日々とのギャップもあってか、久々に通う学園はとても平和に感じる。

今日は夏休みが明けて、一日目の登校日。

クラスメイトたちは久しぶりに顔を合わせたことによる興奮で、いつもより大きな声で談笑《だんしょう》していた。

「おっすケイル！　久しぶりだな！」

席に座《すわ》ってのんびりしていると、短髪《たんぱつ》の男ライオスが声をかけてきた。

「久しぶりだな、ライオス」

俺が落ちこぼれだった時からずっと仲良くしてくれる友人の一人だ。久々に見たその姿は少し肌《はだ》が焼けていた。

「夏休み、満喫したみたいだな」

「おう！　海行って山行って、一通り楽しんだな！」

羨《うらや》ましい……。

「ていうか、ケイルは何処《どこ》行ってたんだよ？　俺、何度か遊びに誘《さそ》いに行ったんだけど全部留守だったぜ？」

「あー……夏休みの前に、獣人領へ行くって話をしただろ？　あれが延長になって、結局ずっと獣人領で過ごしていたんだ」

「へぇ。そんなに居心地《いごこち》よかったのか？」

「まあな」

実際、革命さえなければ獣人領の居心地は非常によかった。村の景色も独特で面白《おもしろ》かったし、革命の話を聞く前にした観光は本当に楽しかった。

……魔界にいたことについては、黙《だま》っておいた方がいいだろう。

魔界での騒動《そうどう》は、この人間社会にも届いていた。悪魔《あくま》学校の序列戦にて、次期魔王《まおう》と名高いライガットが不正を働いていたことや、暴走したライガットをヴィネ一族の悪魔が止めたことなど、大体の顛末《てんまつ》は他国にも新聞などで知れ渡《わた》っている。

ライガットを止めた悪魔の正体がただの人間《俺》であることは、エレミーや、序列戦で戦った悪魔たちが情報操作して隠《かく》してくれている。とはいえ、俺もあまり騒動があった時期に魔界にいたことは吹聴《ふいちょう》しない方がいいだろう。

夏休みの後半はミュアもギルドの依頼《いらい》で忙《いそが》しかったらしい。丁度そのタイミングでライオスは俺の家を訪ねたようだ。

ふと、ライオスは不思議そうな目でこちらを見つめた。

「ケイルは……なんか逞《たくま》しくなったな」

「そうか？　あんまり変わらないと思うが……」

「見た目っていうか、雰囲《ふんい》気《き》だな。今までとちょっと違《ちが》う感じがするぜ」

いまいち自覚していないことなので、俺は曖昧《あいまい》に相槌《あいづち》を打った。

亜《あ》人《じん》の眷属《けんぞく》になることが多い俺は、見た目の変化には注意していた。今朝も鏡の前で自分の姿に異常がないことを確認《かくにん》したばかりだ。強《し》いて言うなら少しだけ筋肉がついてきた気もするが、ライオスが注目しているのはそこではないだろう。

「雰囲気と言えば、今日は教室がいつもより賑《にぎ》やかだな」

「だな。夏休み明けっていうのもあるだろうけど……どちらかと言えば、グランセル杯《はい》が近いからじゃねーか？」

「ああ……もうそんな時期か」

忙《せわ》しない毎日を送っていたせいで、すっかりそのことを忘れていた。

——グランセル杯。

文字通り、王都グランセルで開催《かいさい》される大会である。

参加者はツーマンセルとなって、相手チームと強さを競《きそ》い合う。王都でも一、二を争う規模の祭典であり、毎年二百組ほどのチームが参加していた。

グランセル杯は王国のギルド連盟が主催《しゅさい》している。参加条件は王国のギルドに所属しているだけなので、学生でも参加可能だ。

「おはよう、二人とも。久しぶりだね」

その時、金髪《きんぱつ》の少年が俺たちに声をかけてきた。

「エディ。久しぶりだな」

「うん……グランセル杯の話をしてたの？」

エディの問いかけに、俺とライオスは首を縦に振《ふ》った。

「僕《ぼく》もさっき知ったばかりだけど、今回は豪華《ごうか》な景品が出るみたいだね。なんでも、ウェンディッタ公爵《こうしゃく》家の当主が、貴重な宝冠《ほうかん》を提供するらしいよ」

なるほど。どうりでクラスメイトたちの会話が盛り上がっているわけだ。

グランセル杯は例年豪華な景品を用意しているが、今年は外部の貴族が特別に景品を提供するらしい。公爵家といえば王族の次に偉《えら》い爵位《しゃくい》だ。景品の価値には期待できる。

「ライオスとエディは参加するのか？　確か二人ともギルドには所属していたよな？」

「俺は参加したかったけど、今回はパスだ。妹が王都に来るみたいでな。親から面倒《めんどう》を見るように頼《たの》まれちまった」

ライオスは残念そうに溜息《ためいき》を吐《つ》く。

「僕は参加するよ」

エディが答える。

少し意外だった。エディは俺と違って品行方正だし、人望もあるタイプだが、自分から目立つ行動はしない性格の持ち主だ。

「グランセル杯は、二人一組のタッグ戦だったよな。パートナーはもう決めてるのか？」

「うん。信頼《しんらい》できる相手だよ。彼《かれ》と一緒《いっしょ》ならいいところまで行けるだろうし……一応、優勝も目指すつもりなんだ」

普段《ふだん》から穏《おだ》やかであまり野心的な様子を見せないエディにしては、大きな目標だ。

「エディがそこまで言うなら、相当凄《すご》い奴《やつ》なんだろうな」

「そうだね」

エディが朗《ほが》らかに笑《え》みを浮《う》かべる。

チャイムが鳴り響《ひび》き、エディとライオスがそれぞれ自分の席に戻《もど》った。

(俺も一応、参加することはできるが……)

俺はノウンという偽名《ぎめい》で、ギルド天明旅団《てんめいりょだん》に所属している。だからその気になればグランセル杯に参加することができた。

今のところまだ決めていないが、どうするか……悩《なや》んだところで、つい笑みを零《こぼ》す。

(グランセル杯に参加するかどうか。……少し前の俺なら、考えもしなかったことだな)

かつて無能力だった頃の俺は、そもそもギルドに登録すらできなかった。だからグランセル杯に参加しようなんて、考えたこともない。

贅沢《ぜいたく》な悩みである。

それだけ、俺は以前と比べて変化した。

◆

放課後。

帰路につこうとした俺の前に、二人の少女が現れた。

「ケイル君！」

「ケイル」

クレナとアイナが、それぞれ張り合うように告げる。

「私と一緒にグランセル杯に出よっ！」

「私と一緒にグランセル杯に出て」

クレナとアイナが互《たが》いに睨《にら》み合う。

視線で火花を散らす二人に、俺は少し驚《おどろ》きながら訊《き》いた。

「二人とも、そんなにグランセル杯に興味があったのか？」

グランセル杯に興味がない王都民はいないだろう。ただしその大半は、観戦目的であって参加目的ではない。

グランセル杯は老若男女《ろうにゃくなんにょ》が楽しめるお祭りだが、行われる試合は熾烈《しれつ》であり、素人《しろうと》が軽い気持ちで参加すると大怪我《おおけが》を負ってしまう可能性もある。総勢四百人近くが参加する大会だが、参加者は皆《みな》、腕《うで》に覚えがある者ばかりだ。

「だって、お祭りだよ！　参加した方が絶対楽しいよっ！」

キラキラと目を輝《かがや》かせて、クレナは言った。

純血の吸血鬼《きゅうけつき》であるクレナは、学園に来るまで不自由な暮らしをしてきた。その反動でとにかく好奇心旺盛《こうきしんおうせい》だ。

一方アイナは、

「お金が欲《ほ》しい。グランセル杯は勝ち進めば賞金が貰《もら》える」

淡々《たんたん》と告げるアイナに、俺はふと思い出す。

（そういえば、アイナは獣人領からの支援《しえん》が打ち切られたから、これからは自分で学費とかを稼《かせ》がなくちゃいけないんだったか……）

獣人領での騒動が終わった後、アイナからそのような話を聞いた。

元々アイナは、獣人領の革命を成功させるために学園に通っていた。その革命が終わった今、アイナは学園に通う必要がなくなったわけだが……アイナは自らの意志で学園に残り続けると決めた。

資金援助《えんじょ》は打ち切られ、家賃も学費も自分で支払《しはら》わなければならなくなったが、そう選《せん》

択《たく》した時のアイナはどこか清々《すがすが》しそうな顔をしていた。

方向性は違えど、二人ともグランセル杯に挑《いど》む想《おも》いがある。

そんな二人に比べて、俺には――グランセル杯に参加する動機がなかった。

「その……返事は、明日でいいか？」

どうしてもこの場で答えることができず、一旦《いったん》保留にさせてもらう。誰《だれ》と組むかではなく、そもそも参加するかどうかの答えがまだ出ていなかった。

学園を出て、クレナたちと別れ、俺は家へ向かった。

「……どうするかなぁ」

クレナたちに一緒に組んで欲しいと頼まれた以上、それに応えたい気もするが……。

（どちらか一人を選ぶのは、ちょっと憚《はばか》られるし……それに、正直ここ最近は戦ってばかりだったから、参加しなくてもいいかもな……）

なにせ少し前まで命懸《いのちが》けの戦いをしていたのだ。

悩みながら、家のドアを開ける。

「ただいま」

今日はミュアも家にいる筈《はず》だ。

軽く声を出すと、トタトタトタと足音が近づいてくる。

「兄さん！　お帰りなさい！」

エプロンをかけたミュアが出迎《でむか》えてくれた。

「あれ、今日は俺が料理当番じゃなかったか？」

「予定より早く帰ることができましたので、やっておきました！」

「いつも忙しいんだから、そのくらい任せてくれてもいいんだぞ？」

「いえ！　兄さんのためになることなら、むしろ気力の回復に繋《つな》がります！」

どういう理屈《りくつ》だ。

「ついでに褒《ほ》めてくれるともっと気力が回復します」

「……ありがとう。ミュアは凄いな」

「えへへ……」

頭を差し出してきたので、取り敢《あ》えず撫《な》でておく。

この少女が巷《ちまた》では剣姫《けんき》と呼ばれているのだから、世の中は不思議だ。

「あ、そうだ。……兄さん！　私、グランセル杯に出ることにしました！」

ミュアはてきぱきと夕食をテーブルに配膳《はいぜん》しながら言った。

「今まではギルドの依頼と日程がかぶっていたせいで参加できませんでしたが、今年は偶《ぐう》然《ぜん》スケジュールが空いたんです。……優勝賞品の宝冠、きっと兄さんに似合うと思いますので持って帰ってきますね！」

「そ、そうか……頑張《がんば》れよ」

やる気があるのは感心するが、動機がおかしい。

これが普通《ふつう》の相手なら冗談《じょうだん》の一言で済ませられるが、ミュアは本当にあっさり優勝してしまいそうな気がするのであまり笑えなかった。

（ミュアが参加するなら、俺はやめとくか。……ギルドに偽名で登録したことを知られると面倒だし）

下手に参加して、ミュアと鉢合《はちあ》わせしたら厄介《やっかい》なことになりそうだ。

「兄さんは参加しないんですか？」

決断した直後、ミュアが訊いてきた。

「ああ、俺はやめておく」

「そうですか……兄さんなら優勝できると思いましたが」

「そんなわけないだろ」

残念そうに言うミュアに、俺は苦笑いした。

ミュアは俺が吸血鬼領、獣人領、悪魔領で何をしたのか知らない。能力についても【素質系・眷属】という嘘《うそ》を伝えてある。

だからミュアにとって俺は、つい最近能力に目覚めたばかりのひよっこだ。俺が優勝できるなんて本当は思ってないだろう。

「ミュアは誰と組むんだ？」

「同じギルドに所属する人です。ちょっと面白い能力の持ち主でして……あっ、勿論《もちろん》、兄さんが私と組みたいというならすぐに解散しますよ！」

「それは組む相手に失礼だろ……」

いつも通り暴走気味だなぁ、と俺は心の中で呟《つぶや》いた。

◆

夕食が終わった後。

窓の向こうに広がる、すっかり暗くなった街並みを見て、俺は徐《おもむろ》に立ち上がった。

「ご馳走様《ちそうさま》。……ちょっと散歩してくる」

「兄さん、この時間の散歩が好きですね」

「好きというか、単なる習慣だな」

そう言って俺は玄関《げんかん》から外に出て、軽く息を吐く。

以前は、落ちこぼれである自分が嫌《いや》で、その気持ちを紛《まぎ》らわすためによくこの時間帯に散歩していた。

クレナと出会い、色んな戦いを経験した今の俺は、かつてのコンプレックスから脱却《だっきゃく》している。しかし当時の行動が、知らないうちに習慣化していたようだった。

昔と比べると、今は景色がより鮮《あざ》やかに見える。

夜の黒さも、風の冷たさも、以前と比べて鮮明《せんめい》に感じ取ることができた。感性を鈍化《どんか》させなくては耐《た》えられなかったあの頃の俺はもういない。……そうした変化を実感するために、俺は今も散歩しているのかもしれない。

「ケイル君?」

ふと、背後から誰かに声をかけられる。

振り返ると、そこには銀髪《ぎんぱつ》の少女が立っていた。

「クレナ?」

「どうしたの、こんな時間に?」

それはこちらの台詞《せりふ》である。

「俺は散歩だけど、クレナは?」

「私も」

クレナは嬉《うれ》しそうにはにかんだ。

「吸血鬼は、このくらいの暗さが丁度いいからね」

「……そういえば、吸血鬼領は暗かったな」

吸血鬼は夜目がきく。クレナは、この暗い時間帯でも昼間のようにはっきりと景色を眺《なが》めることができるのだろう。

「なんだか、こうして二人で話すのは久しぶりだね」

「そうか？」

「うん。獣人領に向かった後から、色々あったし」

そう言われると、そうかもしれない。

「ケイル君。私とアイナ、どっちと組むのかもう決めた？」

クレナがやや不安げに質問した。

グランセル杯で、どちらとチームを組むか。その問いに、俺は謝意を込《こ》めて答える。

「二人には申し訳ないけど……今回は出ないことにする。今まで忙しかったし、少しのんびりしておこうかなと」

「そっか。……うーん、残念だけど仕方ないね。……私はどうしよっかなぁ」

クレナが悩ましげな声を零す。

その直後、不意にクレナは足を止めた。

「ケイル君、ちょっと警戒《けいかい》した方がいいかも」

「警戒……？」

穏やかではないその台詞に、俺は緊張《きんちょう》する。

「うん。四人……いや、五人かな。今、こっちに近づいてきて――ッ!?」

クレナの言葉が遮《さえぎ》られた。

突如《とつじょ》飛来した光輝《ひかりかがや》く槍《やり》が、夜の薄闇《うすやみ》を眩《まばゆ》く照らす。

槍が直撃《ちょくげき》したクレナは激しく吹《ふ》き飛んだ。

「クレナ！」

「大丈夫《だいじょうぶ》ッ!!」

クレナは瞬時《しゅんじ》に体勢を整えて返事をした。

その正面には、自身の血で形成した六角形の盾《たて》がある。『血舞踏《ブラッディ・アーツ》』だ。あの盾で槍を防いだらしい。

（今のは……光？）

俺たちの眼前に、怪《あや》しげな人影《ひとかげ》が六つあった。

全員、灰色の外套《がいとう》を深々と羽織っているため、顔も体格も確認できない。ただ者ではない雰囲気だ。

「クレナ」

「うん」

クレナと視線を交錯《こうさく》させる。それだけで互いの意図が伝わった。

クレナが羽を大きく揺《ゆ》らし一瞬《いっしゅん》で俺の傍《そば》に来る。そして、俺の首筋に牙《きば》を立てた。

俺の身体に、純血の吸血鬼の――クレナの血が注がれる。

形容し難い高揚《こうよう》感と共に、身体から黒い羽と尻尾《しっぽ》が生えた。歯は鋭《するど》くなり、五感が鋭敏《えいびん》になる。薄暗《うすぐら》い夜の街並みが、鮮明に見えるようになった。

「『血舞踏《ブラッディ・アーツ》』――」

親指に牙を突《つ》き立て、血を流す。

流れた血は、シュルリと俺の掌《てのひら》で渦巻《うずま》き、大きな塊《かたまり》となった。

「――《血戦斧《ブラッディ・アクス》》ッ!!」

頭上に持ち上げた真紅《しんく》の大斧を、勢いよく横薙《よこな》ぎに振るう。

襲撃者《しゅうげきしゃ》たちは慌《あわ》てて後退するが間に合わず、後方の壁《かべ》へ叩《たた》き付けられた。

「ぐあッ⁉」

「く――っ⁉」

襲撃者たちが呻《うめ》き声《ごえ》を漏《も》らす。

灰色の外套がボロボロに破れ、その内側から――羽が現れた。

「白い翼《つばさ》……天使か」

顔を隠していたフードが捲《まく》れる。

襲撃者の頭上には、光る輪が浮いていた。

白い翼と光る輪。紛《まぎ》れもない、天使族の証だ。

「《血閃鎌《ブラッディ・サイス》》ッ!!」

クレナが血の鎌を放ち、襲撃者たちを退ける。

戦況《せんきょう》は――悪くない。

「取り敢えず、倒《たお》すぞ」

「うん！　私たちなら、多分やれる……っ！」

クレナの実力は把握《はあく》している。襲撃者たちも中々の手練《てだ》れのようだが、俺たちなら問題なく無力化できるだろう。

「『血舞踏《ブラッディ・アーツ》』――《血旋嵐《ブラッディ・ストーム》》ッ!!」

襲撃者たちの中心に、血の旋風《せんぷう》を生み出す。

切り裂《さ》く血の渦《うず》に襲撃者たちが飲《の》み込まれている間に、トドメの一撃《いちげき》を――。

「──終了《しゅうりょう》っ！」

パン！　と掌を叩く音と共に、明るい少女の声が聞こえた。

次の瞬間《しゅんかん》、襲撃者たちは一斉《いっせい》に両手を上げ、降参のポーズを示した。油断させる罠《わな》かと思ったが、敵意がない。フードを外し、素顔《すがお》を露《あら》わにした襲撃者たちは、すぐに攻撃《こうげき》を止めてくれと言わんばかりの焦《あせ》った顔をしていた。

血の旋風を止めると、襲撃者たちが安堵《あんど》の息を零す。

「うん。やっぱり強い……伊達《だて》に魔界を震撼《しんかん》させたわけじゃないですねー」

建物の屋上から、少女の声が聞こえる。

その少女は、ふわりと白い翼を広げ、ゆっくりと俺の目の前に下りてきた。

背は低く、顔もあどけない。ミュアよりも幼い少女だ。腰《こし》辺りまで伸《の》びる金色の髪《かみ》はくるくるにカールしており、真っ白なワンピースには汚《よご》れ一つなかった。

無垢《むく》で、無邪気《むじゃき》で、純真な……汚れを知らない子供のような印象を受ける。

しかし目の前の少女からは、子供のものとは思えない大きな存在感が放たれていた。まるで吸血鬼の王弟のように、獣人王のように、次期魔王と名高い悪魔のように……。

……ただ者ではない。

俺は油断することなく少女を睨んだ。

「お前……何者だ」

「私はミカエル。四大天使の一人なのです」

少女は、害意など全く感じさせない明るい声音《こわね》で答えた。

「ケイル＝クレイニア、貴方《あなた》にお願いがあります」

少女は真《ま》っ直《す》ぐ俺のことを見つめる。

小さな唇《くちびる》を震《ふる》わせて、少女は告げた。

「私の眷属になって――グランセル杯で優勝してください！」

第一章　蠢く天使

戦闘《せんとう》で騒《さわ》がしくしてしまったため、俺たちは先に場所を変えることにした。

ミカエルと名乗った少女は、周りにいる天使たちにこの場から去るように短く指示を出す。どうやら本当にもう敵意はないらしい。

静まり返った夜の公園で、俺とクレナは改めてミカエルと向かい合った。

「それで……さっきのは、どういう意味だ？」

「そのままの意味なのです。ケイルさんには是非《ぜひ》、私たちに協力して欲しいのです！」

妙《みょう》にウキウキとした様子で言うミカエル。

しかし、そのままの意味というのがよく分からない。

「眷属になってグランセル杯で優勝する、だったか。俺たちを襲《おそ》ったことも含《ふく》めて、順を追って説明してくれないか」

そう言うと、ミカエルは顎《あご》に指を添《そ》えて悩んだ。

「うーん、そうですねー……お二人は天使族の身分や階級についてはご存知《ぞんじ》ですか？」

「……いや、あまり知らないな」

「私もあんまり……」

俺とクレナが答えると、ミカエルは「じゃあ説明するのです！」と胸を張って言った。

まるで大人ぶった子供だ。

「ではまず、天使族には王がいないことを知って欲しいのですよ！」

「王がいない……？」

「はいです！　天使族は元々、神族《しんぞく》に仕える特殊《とくしゅ》な種族なのです。天使族が敬うべき相手は神族のみとされているので、私たちには王がいない……というより、王という身分を作ってはいけないという決まりがあるのですよー」

神族――古い時代に生きていた、伝説の種族だ。

かつてこの世界には亜人が存在しなかった。亜人が生まれた後、世界は混沌《こんとん》としたが、その混沌を鎮《しず》めたのが神族である。神族は種族という概念《がいねん》を広く知らしめ、人間と亜人が共存できる世界を構築してみせた。

神族は高度な文明を築いていたとされている。その技術力を駆使《くし》して生み出されたのが特種兵装だ。

「そして、王の代わりに天使族を統治しているのが、四人の大天使……彼らは四大天使と呼ばれているのですよ」

「……さっき、ミカエルは自分のことを四大天使だと言ってたな」

「そうなのです！　私は四大天使の一人……火を司《つかさど》る大天使なのですよ！」

ミカエルは「えっへん！」と両手を腰に当てて言った。

この少女が、王の代わりに天使族を統治している者の一人……。

……なるほど、どうりで凄《すさ》まじい存在感があるわけだ。

まだ俺は吸血鬼の眷属を維持《いじ》しているため、人間の時と比べて色んな能力が向上している。今の俺は、相手の強さにも敏感《びんかん》だ。ミカエルは見た目こそ無邪気な子供だが、恐《おそ》ろしい力を宿していることが分かる。

「四大天使っていうことは、ミカエルの他にも大天使はいるんだな」

「はいです！　四大天使は私以外にも、土、風、水を司る大天使がいるのですよ」

「……大天使が四人いるのは、権力を分散させているのか？」

「その通りなのです。……流石《さすが》、ここ数ヶ月で色んな亜人の権力闘争《とうそう》に巻き込まれただけありますねー。理解が早くて助かるのです」

ミカエルが感心した様子で俺を見る。

人間の国に例えるなら、王様が存在せず、四人の公爵が国を統治している状態だ。最上位の身分が四人いるため権力が分散しており、国全体の団結力が弱まっている。

神族は、天使族の団結力を削《そ》ぎ、逆らえないようにしたかったのだろう。

「ここからが本題なのです。……実は、四大天使の一人である土の大天使ウリエルが、神族への反乱を企《たくら》んでいるのですよ」

その説明に、俺は疑問を抱《いだ》く。

「……ちょっと待ってくれ。そもそも神族って、まだ生きているのか？」

獣人領を訪《おとず》れた際、俺は獣人王と共に神族の遺跡《いせき》にも入った。その際、獣人王から神族についての説明も受けている。

神族がかつて存在していたことは、紛れもない事実なのだろう。しかし、今も生きているという話は聞いたことがない。

さっきからミカエルが語っているのは、過去ではなく現在の話なのか……？

「細かくは言えませんが、神族は今も天使領……通称《つうしょう》、天界にいるのですよー。だからこそ、天使族は今に至るまで、ずっと神族の命令に従ってきたのです。でも、ウリエルにはそれが我慢《がまん》ならなかったみたいなのです。……反乱分子はきちんと対処しなくちゃいけませんが、だからといって天界の統治をなおざりにするわけにもいきません。そこで、ウリエルの対処はこの私に一任されたのですよ」

大天使たちは、ウリエルの対処と天使族の統治で手分けすることにしたらしい。

水と風の大天使は今も天界にいるのだろう。

「ウリエルは反乱を成功させるために、ある特種兵装を探していました。……特種兵装の名は『神伝駒《しんでんく》』。天使族を自在に操《あやつ》る道具なのですよ」

「自在に操る……？」

「はいです。悪魔族を操る『レメゲトン』と似たようなものなのですよ」

その道具の名は、俺にとって印象深い。

悪魔族を操る道具『レメゲトン』……魔界での戦いは、全てこの道具のせいだと言っても過言ではない。

この道具があるから、悪魔族は親天派と反天派に分かれていたのだ。二つの派閥《はばつ》があったせいで、俺やライガットは序列戦で命懸けの戦いをした。

「『神伝駒』はその恐ろしさ故《ゆえ》に、四大天使だけが知る道具だったのですよー。しかし、ウリエルとの争いが切っ掛《か》けとなって、天界から落っこちてしまったのです。てへっ！」

てへっ、じゃねーよ。

天使たちの領土である天界は、浮遊《ふゆう》する島にある。『神伝駒』はそれまで、天界で管理されていたそうだが、ウリエルと争ったせいで俺たちが住む地上に落ちてしまったようだ。

なんて危険なものを落としてくれたんだ……。

「四大天使は血眼《ちまなこ》になって『神伝駒』を探したのです。そして一年前、『神伝駒』はとある人間の国で発見されました。しかし、私とウリエルが水面下で睨み合った結果、お互いに手出しができず、『神伝駒』はずっと人間の国で放置されていたのですよ」

ミカエルは渋《しぶ》い顔で語った。

「そうして身動きできない間に、『神伝駒』はある大会の賞品になってしまったのです」

そんなミカエルの言葉に、俺は顔を引き攣《つ》らせる。

「まさか……」

「グランセル杯の優勝賞品である宝冠……あれこそが、私たち天使にとって最も恐ろしい特種兵装、『神伝駒』なのです」

随分《ずいぶん》と奇妙《きみよう》な因果である。

なんとなく状況《じようきよう》が読めてきた。

「それで、優勝して欲しいと言ったのか」

「はいです！」

ミカエルが元気よく肯定《こうてい》する。

「でも……そんなに危険な特種兵装なら、大会で優勝なんて言わずに、もっと確実な方法で入手すればいいんじゃないの？　こう……例えば、持ち主と交渉《こうしょう》するとか」

　クレナの疑問はもっともだ。

　しかしミカエルは首を横に振る。

「『神伝駒』は天使族を脅《おびや》かすものなので、あまり有名になっちゃ困るのですよー。それ故に、私たちはあれが特種兵装だとバレないように回収したいのです」

　なるほど。

　俺《おれ》たちは、今ミカエルから話を聞くまで、グランセル杯の賞品である宝冠が特種兵装だなんて知らなかった。

　ミカエルは、できるだけ宝冠の正体が外部に漏れないように、『神伝駒』を回収したいのだろう。……無理もない。『神伝駒』の効果は天使族にとって恐怖《きょうふ》そのものである。自分たちを脅かす爆弾《ばくだん》の存在を、第三者に知られたくないのは当然だ。

「今まで回収できなかったのもそれが理由なのです。所有者であるウェンディィッタ公爵家の当主が中々強情《ごうじょう》でして、穏便《おんびん》に交渉していたのですが上手《うま》くいきませんでした。……派手に動いちゃうと、余計な組織に勘《かん》づかれちゃうかもしれないですし」

「余計な組織？」

「特種兵装は色んな人が欲しがっているのですよ。『神伝駒』は危険なものですし、ただでさえ私とウリエルが取り合っているので、外部の組織にまで邪魔《じゃま》されちゃ困るのです」

そんな組織もあるのか……。

不思議ではない。現にクレナは、特種兵装の材料に使えるという理由だけで、吸血鬼の王弟ギルフォードに狙《ねら》われた。

「私たちが手間取っちゃったせいで、『神伝駒』は大会の賞品として提供されてしまったわけですが……逆に言えばこれはチャンスなのです！　『神伝駒』を、誰にも疑われない正当な手段で回収できるようになったのですから！」

ミカエルは明るく告げる。

大天使ウリエルの企みや、特種兵装『神伝駒』の存在など、少し情報量が多いので自分なりに整理してみる。

「話を纏《まと》めると……天使族にとって『神伝駒』は恐ろしいものだから、その存在自体をなるべく秘匿《ひとく》したい。だから今まで迂闊《うかつ》に回収できず困っていたが、ある日、『神伝駒』は偶然グランセル杯の優勝賞品になってしまった。……折角《せっかく》だから、ミカエルはこの機に乗じて『神伝駒』を回収したい。グランセル杯のルールに則《のっと》って回収すれば、『神伝駒』はあくまでただの優勝賞品として手に入れられる。これなら、第三者に『神伝駒』の情報が漏れることもない……ということか」

「その通りなのです！」

ミカエルは大きく首を縦に振った。

「注意して欲しいのは、ウリエルも同様に考えているということなのです。『神伝駒』の存在をできるだけ秘匿したい……この思いだけはウリエルも共有しているはずなのです」

「ということは……ウリエルも、グランセル杯で優勝を狙っているのか？」

「はいです！　まあ流石にウリエル本人が出るとは思いませんが、向こうも沢山《たくさん》の配下をグランセル杯に出場させるはずなのです」

つまり、これは――グランセル杯《はい》を舞台《ぶたい》にした、特種兵装の奪《うば》い合いだ。

決して楽な戦いにはならないだろう。

「ミカエルさん。質問いいかな？」

クレナが挙手して発言する。

「グランセル杯で優勝するだけなら、別にケイル君をミカエルさんの眷属《けんぞく》にする必要はないと思うんだけど……」

「いい質問なのです！」

ミカエルは嬉しそうに口を開く。

「ウリエルは既《すで》に強力な特種兵装を所持しているのです。その名を『天翼《てんよく》の剣《けん》』。この特種兵装は、天使族の能力を大幅《おおはば》に強化させることができるのです。大会中、ウリエルにこれを使われると、勝つのが難しくなってしまうのです。……しかし、ケイルさんが天使族になっていれば、ケイルさんも『天翼の剣』の効果を受けられます！　つまり実力の差が開かないのです！」

俺が天使の眷属になった方がいい理由は、ウリエルが持つという『天翼の剣』の効果を実質無効化するためらしい。

納得《なっとく》できる理由だ。

「ウリエルの配下は皆、強力なのです。だから私も誰をグランセル杯に参加させるか迷ったのですよ。悩みに悩んだ結果、【素質系・王】の力を持つケイルさんに注目しました。最初に襲っちゃったのは、ケイルさんの実力が本物か確かめるためなのです」

「……なんで俺のことを知っているんだ」

「吸血鬼領、獣人領《じゆうじん》、魔界《まかい》……あれだけ各地で大立ち回りをしていると、流石に気づく人は気づくのですよー。特に、私たち天使族は魔界の情勢には詳《くわ》しいですからねー」

元々、俺のことは噂《うわさ》程度に知っていたが、魔界での一件が決定的になったといったところだろうか。

「ウリエルは残忍《ざんにん》な男なのです。いざという時は『神伝駒』の秘匿を諦《あきら》め、大胆《だいたん》な手段で奪おうとしてくるはずなのです。そうなった時、グランセル杯の参加者や観客が、どんな危険な目に遭《あ》うか分かりません。……どうか、ウリエルの野望を阻止《そし》するためにも、ケイルさんには協力して欲しいのです」

グランセル杯は大規模なイベントだ。その水面下で、こんな争いが繰《く》り広《ひろ》げられているなら……いつ一般人《いっぱんじん》に被害《ひがい》が及《およ》ぶか、分かったものではない。

大会にはクラスメイトのエディや、妹のミュアも参加している。ライオスは参加こそしないと言っていたが、多分、観戦には来るだろう。

「卑怯《ひきょう》な言い方になっちゃうのですが……ケイルさんが優勝することが、誰にとっても一番安全な結果になると思うのです」

それは確かに卑怯な言い方だった。

しかしミカエルの沈痛《ちんつう》な面持《おもも》ちから、事実であることを察する。

「……分かった。協力しよう」

「ありがとうなのです！　本当に助かるのです！」

ミカエルはぶんぶんと何度も頭を下げて感謝した。

「じゃあ、私も協力するね」

クレナが当然のように言う。

目を丸くする俺とミカエルに、クレナは続けた。

「グランセル杯に関わる色んな人たちが危ないかもしれないんでしょ？　だったら私にとっても他人事じゃないし……ケイル君だけに背負わせるわけにはいかないよ」

「それは、正直、私として大助かりなのですがー……いいのですか？」

「うん。私も、ケイル君と一緒《いっしょ》に戦うのは慣れてるしね」

あまり喜んでいいのか分からないので、俺は苦笑《くしょう》する。

だが、その通りだ。吸血鬼領と獣人領の騒動《そうどう》では、俺はクレナと一緒に戦った。

クレナも一緒に戦ってくれると、頼《たの》もしい。

「あと、私の他にもう一人信頼《しんらい》できる人がいるんだけど……その人にも今の話、伝えてもいいかな？　実力はあるから、きっとミカエルさんも助かると思うけど」

「大丈夫なのです。でも、できるだけ慎重《しんちょう》に事を進めたいので、この話はなるべく広げないようにしていただけると嬉しいのです」

クレナの言う信頼できる人というのは、恐らくアイナのことだろう。

アイナは実力も確かだし、それにミカエルが警戒しているという特種兵装を狙った組織の一員でもない。この状況でも信頼していい仲間だ。

「ウリエルもそうだが、ミカエル自身も大会には参加しないんだよな？」

「はいです。私が直接動いちゃうと、『神伝駒』のことが誰かに勘づかれちゃうかもしれませんから。……でも安心して欲しいのです！　代わりにとっても強い部下を一人、ケイルさんの側につかせます！　グランセル杯では彼女《かのじょ》と組んで欲しいのですよ！」

「部下？」

「はいです。厳密にはもうつかせているのですが……ごめんなさい、まだ心の準備ができていないみたいなのです」

「……？」

イマイチ分からないことを言われる。

取り敢えず、俺はミカエルの部下と組むことになるらしい。

となれば、クレナはアイナと組むことになりそうだ。

「ケイルさん。眷属にはもうなっておきますか？」

「……いや。今日は止めておく」

ミュアには散歩と言って外に出ている。

そろそろ帰らないと怪しまれそうだ。

「明日、ギルドでグランセル杯の参加を申《もう》し込んでくる。その後で俺を眷属にしてもらってもいいか？」

「分かったのです。では、その時に私の部下もギルドへ向かわせるのですよ」

◆

翌日。

学園は相変わらず、グランセル杯の話題で持ちきりだった。試合が観やすい客席はどの辺りか、今年はどのチームが優勝するのか、各々《おのおの》が興奮気味に声を交《か》わす。

昼休み。俺はミュアが作ってくれた弁当を鞄《かばん》から取り出し、立ち上がった。

視線を上げると、クレナがこちらを見ていることに気づく。

これから、俺たちはアイナと合流し、昨日のことを伝える予定だった。

クレナも立ち上がり、一緒にアイナの教室へ向かおうとする。

その時、遠くから喧騒《けんそう》が聞こえた。

（……廊下《ろうか》の方が騒がしいな）

見れば、まるで有名人が来たかのように女子生徒たちの人集《ひとだか》りができている。

「先輩《せんぱい》！　グランセル杯のパートナーを探しているって話、本当ですか⁉」

女子生徒の大きな声が聞こえた。

人集りでよく見えなかったが、女子生徒たちは一人の男子生徒を囲んでいた。

紺色《こんいろ》の髪に、高い背丈《せたけ》の男だ。顔はとても整っている。

見覚えはない。……上級生だろうか？

「ああ、本当だよ」

男がそう答えると、周りにいる女子生徒たちがわっと盛り上がった。

「で、でしたら私と――」

「いいえ！　先輩との相性《あいしょう》なら私の方が――」

複数の女子生徒が、その先輩とやらのパートナーの座を取り合っていた。

しかし先輩と呼ばれたその男は、申し訳なさそうに首を横に振《ふ》る。

「ごめん。誘《さそ》いたい相手はもう決めているんだ」

えぇーっ!!　と女子生徒たちが悲しみの声を響《ひび》かせる。

「ケイル君、行こっか」

「……ああ」

珍《めずら》しい光景を目《ま》の当たりにして、思わず立ち止まってしまった。

アイナの教室が人集りと反対の方向でよかった。正直、あの集団にはあまり近づきたくない。

「凄《すご》い賑《にぎ》わいだな」

「うん。なんでも、学園でも一、二を争うくらい有名な三年生が、グランセル杯への出場を決めたらしいよ。パートナーがまだ決まってないみたいだから、皆《みな》ここぞとばかりに狙っているんじゃないかな」

へぇ、と適当な相槌《あいづち》を打つ。

「あんなに言い寄られているのに全部断るなんて、贅沢《ぜいたく》な奴《やつ》だな」

「……………………そうだね」

何故《なぜ》かクレナは、白い目で俺を見つめた。

何か変なことを言っただろうか？　と悩《なや》んでいるうちに、アイナの教室へ着く。

「アイナ」

教室にいるアイナへ声をかけると、アイナは不思議そうな顔をした。

いつもはわざわざ教室まで迎《むか》えに来ることはない。各々、勝手に中庭に集まって昼食をとっている。

しかし今日だけは場所を変えた方がいい。

「ちょっといいか？　話したいことがある」

「……？　ええ」

向かう先は決めている。校舎裏の日陰《ひかげ》にあるベンチだ。あそこは人通りも少ないため盗《ぬす》み聞きの心配も殆《ほとん》どない。

場所を変えた後、俺とクレナはアイナに昨晩の出来事について説明した。

◆

「……そう。そんなことがあったのね」

話を聞いたアイナは、神妙《しんみょう》な面持ちで頷《うなず》いた。

「分かったわ。私も協力する」

「……一応言っておくが、無理はしなくていいからな？」

「無理じゃないわ。寧《むし》ろ声を掛けてくれて嬉しいくらいよ」

「嬉しい……？」

首を傾《かし》げる俺に、アイナは頷く。

「もう、魔界の時みたいに何もできないのは嫌だから」

「……それは、私も同感かな」

アイナの言葉に、クレナは頷いた。

「今更《いまさら》だけど、あの時は心配かけてごめん」

俺は改めて二人に頭を下げた。

「ケイル君のせいじゃないから、別にいいけど……まあでも、わざわざ魔界までやって来たのに、追い返されるとは思わなかったなぁ」

「そうね。あれはショックだったわ」

「……本当に申し訳ない」

正確には追い返したというより、待ってもらっただけな気もするが……あの時の二人の心境はあまり穏《おだ》やかではなかったかもしれない。

「冗談《じょうだん》だよ」

クレナがいたずらっぽい笑《え》みを浮《う》かべる。

俺も冗談だろうとは思っていたが……きっと一部は本音だろう。

「そういえば、ケイルは魔界にいた頃《ころ》、悪魔《あくま》の貴族と一緒に暮らしていたのよね？　どんなふうに過ごしていたの？」

ふと、アイナが訊《き》く。

「エレミーのことか？　まあ、記憶《きおく》を奪われたりはしたが……今思い返すと、それほど悪い暮らしではなかったな。貴族ということになっていたから立派な家に住んでいたし、あとエレミーは料理が上手だったから食事が楽しかった」

「…………………………へー」

「…………………………ふぅん」

クレナとアイナが、何故か責めるような目で俺を見た。

「あのね、ケイル君。自覚してなさそうだから今のうちに言っておくけど……順調に、色んな亜人《あじん》に囲まれてるからね」

「囲まれてると、言われても……」

戸惑《とまど》う俺に、クレナとアイナはそれぞれ自分の顔を指さして言った。

「吸血鬼《きゅうけつき》」

「獣人」

「あと悪魔。そして今度は……天使かぁ」

クレナが溜息《ためいき》を吐《つ》く。

「ケイルの争奪戦《そうだつせん》も本格的になってきたわね」

それは言い過ぎだろ――とは言えなかった。

エレミーは俺の実力を知っていたから、わざわざ魔界まで攫《さら》ったのだ。

今回のミカエルも、俺の能力を知っていたから協力を持ちかけてきた。

自分の能力が亜人たちにとっていかに貴重であるか、流石に俺も自覚している。

「ケイル。獣人領の居心地《いごこち》も良かったでしょ？　ケイルさえよければ、私たちはいつでも貴方を迎え入れるわ」

「ちょ――っ⁉　ケ、ケイル君！　吸血鬼領も良かったよね⁉　ママもケイル君のことは気に入っているし、吸血鬼領もいつでも来ていいからねっ‼」

淡々《たんたん》とした表情で告げるアイナに、クレナも焦って故郷のアピールを始めた。

「獣人領に来てくれたら、リディアとミレイヤもついてくるからお得よ」

「いやお得って……」

言い方が酷《ひど》すぎる。

クレナも「く……っ」と負けたような態度をしないで欲《ほ》しい。

「二人とも、こんなところにいたのか」

その時、誰《だれ》かが俺たちに声をかけた。

紺色の髪の男……先程《さきほど》、廊下で女子生徒たちに囲まれていた人物だ。

男は俺を見ておらず、クレナとアイナにだけ視線を注いで口を開く。

「はじめまして、クレナ＝ヴァリエンスさんに、アイナ＝フェイリスタンさん。僕《ぼく》はライナー＝キルシュテインだ」

軽く頭を下げたライナーからは、気品と同時にキザっぽさを感じた。

「えっと、はじめまして……？」

「何の用かしら」

不思議そうにするクレナとアイナに対し、ライナーは柔《やわ》らかい笑みを浮かべる。

「単刀直入に言おう。君たちのうちどちらか一人、僕と一緒にグランセル杯に出場してくれないか？」

その提案に、俺たちは目を丸くした。

アイナは知らないかもしれないが……俺とクレナは、この男が先程まで複数の女子生徒に「パートナーになって欲しい」と頼まれていたことを知っている。

彼女たちの誘いを断った理由は、クレナかアイナと組みたかったからか……。

別に不思議なことではない。クレナとアイナの実力は、学園でも有名だ。

「二人同時に誘うなんて、少し失礼じゃないかしら」

アイナが毅然《きぜん》とした態度で言う。

「すまない、僕だってそのつもりはなかったんだ。でも、僕が組んでもいいと思った二人が偶々一緒《たまたまいっしょ》にいたんだから、仕方ないだろ？」

ライナーが苦笑しながら言った。

その発言から、俺はほんの少しこの男から傲慢《ごうまん》さを感じた。

長年、落ちこぼれと呼ばれて馬鹿にされ続けてきたのだ。そういう感情には嫌《いや》でも敏感になる。

「ごめんなさい。私たち、組む相手はもう決めているの」

アイナが小さく頭を下げて言った。

「……それは、まさかそこの彼《かれ》と組むわけじゃないだろうね？」

ライナーは一瞬《いっしゅん》だけ俺に視線を寄越《よこ》して言った。

「私とクレナが組むのよ」

「……そうか」

アイナの答えに、ライナーは納得した素振《そぶ》りを見せた。

「よかった。彼は落ちこぼれで有名だからね。一つ上の学年である僕の耳にまで届くくらいだ。……惑《まど》わされているようなら、目を覚ましてあげなくちゃいけないところだった」

話しながら、ライナーは俺を一瞥《いちべつ》する。

その目は明らかに俺のことを見下していた。

久々に感じた。劣等種《れっとう》を見るような、あからさまに蔑《さげす》む瞳《ひとみ》。……そういえば俺は、少し前まではいつもこんなふうに扱《あつか》われていたんだった。

「お言葉ですがっ！」

クレナは立ち上がり、ライナーを睨《にら》んだ。

「私はケイル君と組んでも……ううん、ケイル君と組みたいと思ってました！　貴方みたいな失礼な人とは、ぜーーーったいに組まないから!!」

ライナーを指さして、クレナは堂々と告げる。

「貴方、三年生の有名な人よね」

続いてアイナもライナーを睨んだ。

どうやらアイナも、ライナーのことを知っていたようだ。

「自分の実力に自信があるのはいいことだけれど……多分、世界の広さを知らないわ。だからそんな、傲慢な態度を取れるのよ」

表情を動かすことなくアイナは告げる。

二人の少女に鋭《するど》く睨まれたライナーは、眉間《みけん》に皺《しわ》を寄せた。

「……僕にそんなことを言った奴は初めてだな」

先程までの優男《やさおとこ》らしい雰囲気《ふんいき》は霧散《むさん》した。

ライナーは、不機嫌《ふきげん》さを隠《かく》すことなく告げる。

「見込《みこ》みがあると思ったけど、僕の勘違《かんちが》いだったみたいだ。……クレナ＝ヴァリエンスにアイナ＝フェイリスタン。君たちのことはよく覚えておく」

そう言ってライナーは、踵《きびす》を返す。

「グランセル杯であたったら、後悔《こうかい》させてあげよう」

最後にそう告げたライナーの背中を、俺たちは無言で見つめていた。

◆

放課後。

俺たち三人は、学園を出てそのままギルドに向かった。

「あーもうっ！　なんなの、あの人！　むかつくーっ‼」

クレナが大きな声で怒《いか》りを発散する。

どうやらまだライナーとの件に腹を立てているようだ。

「偶《たま》にいるのよ、ああいう勘違いした人が」

アイナが溜息交じりに言う。

「ヘイリア学園はこの国で一番大きな学《まな》び舎《や》だから、ここでの上下関係が全てのように考えてしまうのよ。……あまりこういうことは言いたくないけれど、特に人間はその傾向《けいこう》が強いわね。私たち亜人は、それぞれ王という絶対的な存在を知っているから、身《み》の程《ほど》を弁《わきま》えるのは得意よ」

「まあ、私たちは相手の強さに敏感だからね」

人間の場合、個人の強さは能力を基準に考えることが多いが、亜人には種族特性の他にも格という概念がある。

格が高ければ、身体能力も精神力も、種族特性も強い。いわば生まれつきの才能のようなものだ。生物としての強さと言い換《か》えてもいいかもしれない。

亜人は、他の亜人の格を肌《はだ》で感じることができる。

特に王ほどの格となれば、一目見るだけで跪《ひざまず》いてしまうほどの圧力を感じるらしい。

自分よりも格上の存在を知る機会が多い亜人は、人間よりも謙虚《けんきょ》な傾向にあるのかもしれない。

「とはいえ、あのライナーという男も実力はあるみたいよ。あくまで人伝《ひとづて》に聞いた話だけど、私たちと同じくらいじゃないかしら」

「えー……私、もっと頑張《がんば》って強くならなきゃ」

「そうね。私もアレと同程度なんて嫌だわ」

アイナはもはやライナーのことをアレ呼ばわりしていた。

そんなことを話しながら、俺たちはギルド天明旅団《てんめいりよだん》に着く。

「それじゃあ、グランセル杯に申し込《こ》むか」

フロント正面にあるカウンターには、列ができていた。いつもより混んでいる。俺たち以外にもグランセル杯への参加申し込みをする者がいるのだろう。

「ケイルが組むという、ミカエルの部下は、ここで合流する手筈《てはず》なのよね？」

「そのはずだが……それっぽい人はいないな」

ミカエルの部下というのだから天使族で間違《まちが》いないだろう。しかし見たところ、フロントに天使族の姿はなかった。

まだ来ていないのかもしれない。

「あ、参加申し込みの前に、私は偽名《ぎめい》を本名に変えてくるね」

クレナが思い出したように言った。

「もう名前を隠す必要はないし、それにウリエル陣営《じんえい》からすると、本名不明の吸血鬼よりもただの学生である吸血鬼の方が油断してくれそうだから」

「……それもそうだな」

この状況下では、クレナは敢《あ》えて普通《ふつう》の学生をアピールした方がいいだろう。偽名を貫《つらぬ》いて下手に正体を隠していると、ウリエルに警戒《けいかい》されそうだ。

クレナがカウンターの方へ向かうのを、俺とアイナは見届けた。

「ケイルは、ノウンという偽名で参加するのよね？」

「ああ。……俺はあまり能力を知られたくないからな」

天使族の争いとは関係なしに、俺は吸血鬼領での騒動を経験してから、できるだけ自分の能力を他人に知られないように注意していた。クレナの母、エルネーゼさんは俺の能力を知って「これから貴方《あなた》は様々な苦難に巻き込まれるでしょう」と警告した。今まさにその通りになっている。迂闊に目立ちたくない。

「ただ、今は吸血鬼として登録しているから、種族を偽《いつわ》っていたことだけはちゃんと正直に言わないと……」

グランセル杯では天使の眷属になって戦う。俺の本当の種族が吸血鬼でないことは確実にバレるだろう。

天明旅団は良くも悪くも「実力と素行に問題なければ誰でも歓迎《かんげい》！」という自由スタンスなので、偽名も黙認《もくにん》されている。

種族まで偽ったのは、流石にそのスタンスに甘《あま》えすぎたかもしれないが、はっきり言ってこうするしかなかった。この国の大抵《たいてい》のギルドは、人間の加入条件を「能力を自覚して制御《せいぎょ》できること」と設定している。俺がこのギルドに登録する時は、まだ自分の能力を自覚していなかった。かといって帝国軍《ていこく》に追われているクレナを一人にするのも抵抗《ていこう》があった。つまり緊急《きんきゅう》事態だったのだ。

「すみません」

俺はカウンターの奥《おく》にいる受付嬢《うけつけじょう》へ声をかけた。

「はい、なんでしょう」

「登録情報を修正したいんですけど、可能でしょうか」

事情を説明すると、受付嬢は難しい顔をした。

「えーっと……つまり、種族と能力を偽っていたというわけですね」

「……すみません」

「うーん……まあ、なるべくしないでもらいたいですが、似たような人は偶にいますからねぇ。寧ろ正直に教えていただき、ありがとうございます」

受付嬢の反応は思ったよりも優《やさ》しかった。

少し意外に思っていると、こちらの心境を見透《みす》かしてか、受付嬢が説明する。

「天明旅団は、この自由な風潮で成長してきましたからね。かの剣姫《けんき》も、こういうところが性に合ってギルドに入っていただいたようですし。……あ、勿論《もちろん》、犯罪者は登録できませんよ？　天明旅団は王国の騎士団《きしだん》と、罪人の情報を共有していますから」

そういえばミュアが天明旅団への所属を決めた時も「あそこが一番楽そうですから」と言っていたような気もする。

実際、俺も後ろめたい理由で種族や能力を偽っているわけではない。天明旅団はそういう事情を持つ人たちも受け入れてくれるため、非常にありがたかった。ある意味、人材を取りこぼすことなく引き入れたいという、貪欲《どんよく》さが垣間見《かいまみ》える組織である。

とはいえちゃんと考えるところは考えているようだ。

「それで、本当の種族は何なのでしょうか？」

「人間です。能力は【素質系・眷属】で、亜人の眷属になった時に、通常より少し強力な種族特性が使えます」

「なるほど。……でしたら再試験は必要ありませんね。ノウンさんは前回、吸血鬼の眷属になって能力を証明しましたから」

受付嬢は柔軟《じゅうなん》な対応をしてくれた。

「ご用件は以上ですか？」

「いえ……グランセル杯への参加申し込みをお願いします」

「畏《かしこ》まりました」

受付嬢はカウンターの下から、グランセル杯の参加申込書《もうしこみしょ》を取りだした。

「こちらにご記入ください。……パートナーはどちら様でしょうか？」

「それが……」

改めてフロントを見回すが、それらしい相手はいない。

一旦《いったん》保留にすることはできるだろうか。受付嬢に尋《たず》ねようとすると――。

「ああッ⁉　ふざけんじゃねぇぞッ‼」

横合いから、怒《ど》鳴《な》り声《ごえ》が聞こえた。

「なんで俺らがグランセル杯に出られねぇんだよッ‼」

「で、ですから何度も言った通り……一度でも登録を抹消《まっしょう》された方は、参加資格がないんです。これは他のギルドでも同様です」

見れば、二人組の大柄《おおがら》な男が受付嬢に詰《つ》め寄っていた。

どちらも盛り上がった筋肉を堂々と見せつけている、威圧的《いあってき》な容姿だった。これ見よがしに大きな剣を背負っている。

「あれは……」

「……素行不良で登録を抹消された人たちですね。報酬《ほうしゅう》の横領の常習犯です」

目の前の受付嬢が、眉《まゆ》を顰《ひそ》めて言った。

グランセル杯は勝ち進むと賞金が出る。男たちの目当てはそれだろうか。

「天明旅団は実力重視のギルドだろうが。なら、俺らが参加しても問題ねぇよな？」

「き、規則ですので、申し訳ございませんが……」

「ちっ、面倒臭《めんどうくせ》え。黙《だま》って言うことを聞け――――ッ!!」

男が受付嬢に向かって腕《うで》を伸《の》ばす。

直後、その腕を少女が握《にぎ》り締《し》めて止めた。

「少し暴れすぎじゃないかしら」

男の腕を止めたアイナが、冷静に告げる。

「……あ？　誰だテメェ」

男が額に青筋を立てた。

怒りを露《あら》わにした男は、カウンターに置かれた一枚の書類を見る。先程までクレナとアイナが記入していた、グランセル杯への参加申込書だ。

「おい。まさか、このクソ餓鬼《がき》どもはよくて俺たちは駄目《だめ》だってか？」

男は正面に立つクレナとアイナに顔を顰《しか》め、受付嬢を睨んだ。

受付嬢は怯《おび》えて視線を足元に逸《そ》らす。

無言の肯定《こうてい》だった。

「ざけんじゃねぇぞ……なにが王国最強を決める大会だ」

「勘違いした餓鬼どもが。てめぇらも潰《つぶ》してやるよ」

二人組の男が、背負っていた剣と斧《おの》を構えた。

武器を手に取った以上、些細《ささい》な喧嘩《けんか》の域を超《こ》えている。

剣を持つ男がアイナへ接近した。直後、アイナは獣人特有の高い身体能力で跳躍《ちょうやく》し、男の頭を飛び越《こ》える。

アイナが着地するタイミングを狙って、二人目の男が斧を横薙《よこな》ぎに振るった。

「《血堅盾《ブラッディ・シールド》》っ‼」

ガキン！　と激しい金属の衝突音《しょうとつおん》がする。

男の振るった斧は、クレナの掌《てのひら》から生み出された紅色の盾《たて》に防がれた。

だがその背中を、剣を持った男が狙う。

「クレナ、後ろ！」

俺《おれ》の声に反応したクレナが、瞬時《しゅんじ》に身体を翻《ひるがえ》し、その盾で男の剣を弾《はじ》いた。

「……テメェもこいつらの仲間か？」

男たちが、俺を睨む。

クレナやアイナと比べると俺は倒《たお》しやすいと思ったのか、斧を持った男が真《ま》っ直《す》ぐ俺に向かって近づいてきた。

「ケイル君、危ないっ‼」

クレナが焦燥《しょうそう》する。

男は斧を振り上げた。

（今の俺は人間の身体だ。眷属の力は使えない。でも…………）

不思議と心が落ち着いていた。

この男たちのことが、怖《こわ》くない。

「――大丈夫《だいじょうぶ》」

振り下ろされた斧の軌道《きどう》がはっきりと見えた。

吸血鬼の王弟、獣人王、次期魔王《まおう》と名高い悪魔。今まで戦ってきた相手と比べると、その速度はあまりにも遅《おそ》い。

斧を避《よ》けた俺は、そのまま男の腕を片手で掴《つか》んだ。

もう一方の手で男の襟《えり》を掴む。

「あ――？」

そのまま勢いを殺すことなく背負い投げをする。

一瞬、男の驚《おどろ》く声が聞こえたような気もするが、次の瞬間《しゅんかん》、その図体《ずうたい》は強く床《ゆか》に叩《たた》き付けられていた。

男の手から離《はな》れた斧が、床を滑《すべ》って壁《かべ》にあたる。

ギルドが静まり返る中、俺は落ち着いて呻《うめ》き声を漏《も》らす男を見据《みす》えた。

（そりゃ、そうだよな。……流石に強くなるよな）

今までどれだけの強敵と戦ってきたと思っているんだ。

今更この程度の相手に怯《ひる》むことはない。

「て、めぇ――調子に乗るんじゃねぇぞッ!!」

男が慌《あわ》てて起き上がり、血走った目で俺を睨んだ。

今の応酬《おうしゅう》で完全に頭にきたのか、男が拳《こぶし》を握り締めると、床に落ちている斧がバラバラに崩《くず》れ、その素材となっていた鉄が男の腕を包んだ。能力を使ったようだ。

【支配系・鉄】といったところだろうか。

右腕《みぎうで》に篭手《こて》を装備した男は、その瞳に殺意を込めて肉薄《にくはく》してきた。

グランセル杯へ参加しようとしているだけあって、いい能力を持っている。

「くそ、ちょこまか動くんじゃねぇッ!!」

突《つ》き出された拳を避けながら、考える。

俺たちもグランセル杯《はい》へ参加したいのだから、あまり過激なことはしたくない。

どうやって無力化するべきか、考えていると――。

「ぎゃあッ⁉」

ギルドの入り口から、輝《かがや》く槍《やり》が飛んできて男の背中を直撃《ちょくげき》した。

すぐにもう一発槍が放たれ、二人目の男も倒れる。

「光の、槍……？」

昨晩、俺とクレナを襲撃《しゅうげき》した天使たちが使っていたものとそっくりだ。

ギルドの入り口には小さな人影《ひとかげ》があった。

その人物を見て、俺は目を見開く。

「ごめんね、ケイル。待たせちゃって」

金髪《きんぱつ》に女顔の少年がそこにいた。

俺は、その人物に見覚えがあった。

「エディ……？」

クラスメイトで、俺が落ちこぼれと呼ばれている頃から親しくしてくれた相手。

いつも教室でくだらない話をする仲で、俺にとっては日常の一部と言っても過言ではない、気心の知れた友人。

そんなエディは微笑《びしょう》を浮かべ、

「僕が、ミカエル様の部下だ」

ばさり、と。背中から生えた白い翼《つばさ》を広げた。

◆

グランセル杯への参加申し込みが完了《かんりょう》したことで、俺たちはギルドの外に出た。

クレナはアイナと……俺は、エディと組むことになる。

「ここから先はケイルだけ来て欲しい」

先頭を歩いていたエディが振り返って言った。

「これからミカエル様が潜伏《せんぷく》している宿へ向かい、ケイルの眷属《けんぞく》化を行う。人数が多いと目立ってしまうから、クレナさんたちには申し訳ないけどここで別れよう」

「……うん、分かった」

クレナが納得《なっとく》して頷く。

アイナが一瞬だけ俺に視線を注いだ。

アイナはエディのことを知らない。だから信頼していいのか悩んでいるのだろう。

俺は無言で首を縦に振った。状況《じょうきょう》はまだ理解できないが、エディが信頼《しんらい》できる相手であることだけは間違いない。……少なくとも俺はそう信じている。

クレナとアイナが去った後、エディはミカエルの拠点《きょてん》へ案内を始めた。

「エディ」

華奢《きゃしゃ》な背中に、声をかける。

「どういうことだ。……説明してくれ」

エディは微《かす》かに言葉に悩む様子を見せたが、やがてゆっくりと口を開く。

「最初に言っておくと、僕は天使ではない。……眷属なんだ」

エディの背中には今も白い翼が生えていた。

ミカエル同様、エディは天使なのか？　と思っていたが、どうやら違《ちが》うらしい。

「天使族は生まれつき欲が少なくてね。そのせいで生殖《せいしょく》本能が他の種族と比べて低く、子孫を残しにくいという特徴《とくちょう》がある」

エディは歩きながら説明する。

「そこで、天使族は自分たちで子孫を生むだけでなく、人間を眷属にすることで種の保存を行うことにした。天使族は人間社会に色んな孤児院《こじいん》を建て、そこで見込みのある子供を眷属にしているんだ。勿論、無理強《むりじ》いはしないけどね」

初耳だった。

無言で驚いていると、エディが微笑する。

「孤児院の事情なんて、普通に生きている人が知るわけないよね。でも調べたら簡単に分かるよ。大抵どの国でも、孤児院の運営者は天使であることが多い。これはそういう理由があるからなんだ」

淡々と、エディは語る。

「僕はその孤児院の一つで育った。ある程度成長した頃、ミカエル様に選ばれて眷属にしてもらったんだ。……それからはミカエル様の眷属として、ずっと働いていた」

夕焼けに染まった街並みを眺《なが》めながら、エディは言う。

「ウリエルは元々怪《あや》しかったからね。天界にいると監視《かんし》されると警戒したのか、ウリエルは『神伝駒』が紛失《ふんしつ》する前から下界に下り、人間社会に潜伏していたんだ。……僕に与《あた》えられた任務は、潜伏しているウリエルの発見や、ウリエルが抱《かか》える戦力の調査だった。僕みたいに生まれが人間だと、人の社会に溶《と》け込みやすいし、ウリエルにも警戒されにくいからね。それで今まで人間のフリをしていた。ケイルにとっては不気味なことかもしれないけれど、天使族はもう何年も前から人間社会の裏側で争っていたんだよ。『神伝駒』がグランセル杯の賞品になったことで、その争いが激化しただけさ」

それは……確かに不気味かもしれない。

この街の裏で、そんなことが起きているとは露程《つゆほど》も思っていなかった。俺が今まで、のんびりと平穏《へいおん》を感じている一方で、天使たちは密《ひそ》かに暗躍《あんやく》していたのだ。

「……なんで、今まで黙っていたんだ」

「むっ、君がそれを言うのかい」

エディが少し不機嫌そうな声を漏らす。

「ミカエル様から聞いたよ。随分《ずいぶん》と色んなところで活躍《かつやく》しているみたいじゃないか」

「それは……」

エディの言う通りだ。

黙っていたのは俺も同じである。他人のことを指摘《してき》できる立場ではない。

「ケイルは優しいからね。どうせ巻き込みたくないから、黙っていたんでしょ？」

肯定するのは恩着せがましい気がして、何も反応できなかった。

エディは、そんな俺の気持ちを見透かして笑う。

「……僕も同じだよ。天使族の戦いに、君を巻き込みたくなかった。でも君は一人でどんどん強くなっていくし、そのせいでミカエル様に目をつけられてしまった」

俺とエディは昔からの付き合いだった。だからこそ、俺たちは互《たが》いのことを帰るべき日常の象徴《しょうちょう》と考えていたのかもしれない。

頼《たよ》りないわけではない。ただ、巻き込むことに抵抗があった。

エディまで巻き込んでしまったら、いよいよ俺の日常が消え去るような気がした。

それはエディも同じだったのだろう。

お互いの遠慮《えんりょ》が、今までの平穏を保っていた。しかしもうそうは言っていられない状況になってしまった。

俺はこれからどうエディに接すればいいのか……少し悩む。

「あまり深く考える必要はないよ。僕は自分の意志で戦っているんだ。拾ってくれたミカエル様にも恩があるしね」

言葉に悩む俺に対し、エディは朗《ほが》らかに笑って言った。

長い付き合いだけあって、こちらの考えくらいお見通しらしい。

「分かった。……一先《ひとま》ず、納得する」

今はエディを信じよう。

「よく考えたら、全く知らない人と組むより、エディと組んだ方が楽かもな」

「僕も同じ気持ちだよ。これから……いや、これからもよろしく」

どちらからともなく笑い出した。

気まずさが霧散する。

なんてことはない。この程度で俺とエディの関係が崩れることはなかったのだ。

俺たちの不安は杞憂《きゆう》に終えた。

「ここがミカエル様の拠点だよ」

エディが足を止めて言う。

目の前には木造建築の宿があった。街の中心からやや外れているため、値段が安めに設定されているが、外装は綺麗《きれい》に整えられている。

「……普通の宿だな」

「こっちもウリエルに居場所を悟《さと》られないように警戒しているからね。目立つ場所を拠点にはできないよ」

そう言ってエディが宿に入る。俺もすぐ後に続いた。

グランセル杯が近々始まるため、王都の外から客が集まっているのだろう。多分、宿はいつも以上の賑《にぎ》わいを見せていた。

受付の前に並ぶ人たちを尻目《しりめ》に、二階の部屋へ向かう。

「ミカエル様。お待たせしました」

ドアをノックして開くと、部屋の中にいる金髪の少女がこちらを見た。

「あ、ソフィ。やっと来ましたか」

ミカエルはにっこりと明るく笑む。

しかし、その口から告げられた名に、俺は首を傾《かし》げた。

「ソフィって誰のことだ……？」

「ミ、ミカエル様！　ちょっとこちらへ！」

エディが慌てた様子でミカエルに近づき、部屋の隅《すみ》まで連れて行った。

「あれ、ソフィ？　どうしてその格好をしているのですか？」

「ケ、ケイルの前では、ずっとこの格好だったんですよ……！」

「もう隠す必要はないと思うのですよ？」

「そ、それは、その、今までの距離《きょり》感があるというか……っ!!」

エディとミカエルは、ちらちらとこちらを見ながら何かを言い合っていた。

(何を話しているんだ……？)

今後の戦略について議論しているのだろうか。

しばらく待つと、二人が話を終える。

「コホン！　……それじゃあケイル。今から君にはミカエル様の眷属になってもらうよ」

エディがわざとらしく咳《せき》をして言った。

「では、私の足元に跪いて欲しいのです」

ミカエルの指示に従い、俺は彼女《かのじょ》の足元に跪いた。

正面に、少女の細くて白い足が見える。……なんで裸足《はだし》なんだろう。

「天使の眷属になるには、欲を捧《ささ》げなくちゃいけないのです。具体的には、七つの大罪に該当《がいとう》するもの……傲慢、強欲《ごうよく》、嫉妬《しっと》、憤怒《ふんど》、色欲、暴食、怠惰《たいだ》なのです。準眷属の場合は全体的にそれらが薄《うす》くなります。正眷属の場合は完全に消えちゃうのです」

「準眷属の場合は、眷属化が解除されると薄くなった欲望も戻《もど》るんだよな？」

「はいです！　だから安心して欲しいのですよ」

今回も俺は準眷属になる。

長期的なリスクはなさそうだ。

「欲望が薄くなると、どうなるんだ？」

「んー……それは人それぞれですが、一言で言うなら人間っぽくなくなるのです」

人間っぽくなくなる？

首を傾げると、ミカエルは子供らしく明るい笑《え》みを浮《う》かべた。

「別に全ての感情がなくなるわけじゃないので、安心していいのですよ？　現に完全な天使である私はそれらの欲を持っていませんが、元気いっぱいなのです！　えへーっ!!」

眩《まばゆ》い笑顔《えがお》でミカエルは告げた。

その様子を見ていると、不安も薄れる。

俺はエディのことを信頼している。そしてエディはミカエルのことを信頼している。

ならば俺は、この少女のことも信頼していいだろう。

「準備はいいですか？　……今から私が羽を一つ落とすのです。ケイルさんがその羽を拾えば、眷属化が始まるのですよ」

「……分かった」

はらり、とミカエルの翼から一本の羽が落ちた。

その羽を拾った瞬間、俺の身体が白く光る。

何かが失われていく感覚と、何かが身体に宿る感覚がした。

背中から白い翼が生え、服の裾《すそ》からはみ出してくる。

「無事に眷属化できたのです！」

ミカエルが嬉《うれ》しそうに言う。

「これが……天使か」

吸血鬼《きゆうけつき》、獣人《じゆうじん》、悪魔《あくま》とはまた違った感覚だ。

妙《みよう》に清々《すがすが》しいというか、満たされているような気分である。

「それじゃあ、ここからは僕がケイルに天使の戦い方を教えるよ。……グランセル杯が始まるまであと数日。それまでに、一通りの戦い方を覚えてもらう」

そう言ってエディは不敵に笑った。

「しっかり鍛《きた》えていくから、覚悟《かくご》してね」

「ああ……頼《たの》む」

第二章　グランセル杯開幕

ミカエルの眷属になってから数日が経過した頃《ころ》。

遂《つい》に、グランセル杯が始まった。

「クレナたちとは、別のブロックか。……運がよかったな」

「そうだね」

予選の開始まで残り十分ほど。

俺はエディと、会場の前で待機していた。

王都のど真ん中にあるこの巨大《きょだい》な会場は、元々は大劇場として使われていたという歴史がある。現代では様々なイベントの会場に使われていた。

すり鉢《ばち》状の会場には、既《すで》に多くの観客が集まっている。彼らは選手たちが現れるのを今か今かと待ち侘《わ》び、フィールドに視線を注いでいた。

今回のグランセル杯の参加者は、二百十組。総勢四百二十人だ。

予選ではこれを三十五組まで絞《しぼ》る。

「あ、ケイル。ちょっと待ってて」

控《ひか》え室《しつ》に向かう途中《とちゅう》、エディが会場の前にある売店へ足を運んだ。

そこで二着の外套《がいとう》を購入《こうにゅう》し、一つを俺に渡《わた》す。

「はい、これ。正体を隠すんでしょ？」

「……助かる」

エディから受け取った白色の外套を羽織り、フードで顔を隠した。

外套の背中部分には隙間《すきま》があり、翼をそこから出せる仕組みだった。天使や吸血鬼など翼を持つ亜人《あじん》向けの服らしい。

「ついでに僕《ぼく》もお揃《そろ》いのものを買ってみたよ。フードはないタイプだけど。……えへへ、なんだか同じ服を着ていると団結力が増したような気がするね」

俺と同じく白い外套を羽織ったエディは、微笑《ほほえ》んで言った。

「エディは、顔や名前を隠すつもりはないんだよな？」

「まあね。学校の皆《みな》は多少驚くだろうけど、今回のグランセル杯に際して天使の眷属になったと説明すれば、納得してくれると思う。……眷属の力は便利だからね。きっと僕以外にも眷属になってこの大会に参加している人はいると思うよ」

エディの説明に俺は頷《うなず》く。

よく考えたら、人間の眷属化自体はそこまで異例ではないのだ。眷属にされると主となる亜人の命令には逆らえないので、眷属化の際は慎重《しんちょう》になるものだが、その代わりに種族特性を得られるというメリットは大きい。

人間の能力は良くも悪くも多岐《たき》に渡る。つまり戦いに不向きな能力もある。そういう非戦闘《せんとう》系の能力を持っている者が、どうしても戦う力を身に付けたい時、亜人の眷属になるという選択肢《せんたくし》は都合がいい。

「でもケイルはちょっと規格外だから、予定通り正体は隠した方がいいね」

「……そうだな」

俺の場合、能力が特異であるためあまり目立ちたくはない。

『さあ！　いよいよ始まります、グランセル杯予選！』

会場のどこかから声が聞こえてくる。

『実況《じっきょう》は私、ギルド天明旅団《てんめいりょだん》所属のエイラです！』

『解説は私、ギルド叡者《えいじゃ》の篭手所属のスティングです』

どちらも大規模なギルド所属だ。

叡者の篭手は、加入条件に筆記試験がある珍《めずら》しいギルドである。知識、学力が一定以上ないと加入できない叡者の篭手の理念は文武両道。あのギルドの構成員たちは、頭がよくて力もあるエリートだらけとのことだ。その性質上、自由が売りである天明旅団と比べて由緒《ゆいしょ》正しい貴族たちも数多く所属しているとか。

「それじゃあ、予選に行こっか」

控え室を通り、そのまま俺とエディは会場の中心にあるフィールドへ向かう。

お互いに白い外套を身に纏《まと》って――エディは顔を出し、俺は顔を隠《かく》す。

『グランセル杯予選、Aブロック！　選手入場です！』

実況の声が会場に響《ひび》くと同時に、観客たちの声援《せいえん》が耳を劈《つんざ》いた。

空気がビリビリと震《ふる》えている。ほんの少しだけ緊張《きんちょう》を感じた。

掌がじわりと汗《あせ》で滲《にじ》む。気を紛《まぎ》らわすように隣《となり》のエディへ視線を向けると……エディも同じ心境だったのか、目が合った。

小さく笑い合う。

緊張が消えた。――俺たちは一人じゃない。

共に戦おう。頼もしい仲間の存在を感じつつ、俺たちはフィールドで待機した。

観客たちの視線が注がれる中、俺は周囲の選手たちを落ち着いて観察する。

予選はAブロックからGブロックまでの七ブロックに分けて行われる。各ブロック、三十組を五組までに絞るバトルロイヤルだ。

今、このフィールドにいるのは六十人。

本戦に勝ち進める者は、十五人だ。

『Aブロック――試合開始っ!!』

戦いの火蓋《ひぶた》が切られた。

直後、けたたましい攻撃音《こうげき》があちこちから聞こえた。

(開戦直後の混戦……予想通りだな)

予選は大人数での戦いとなる。

これだけ人数がいると、一人一人への対策は困難だ。視線が無数にあるため逃《に》げ場《ば》もない。故《ゆえ》に予選は、嵐《あらし》のような戦いになると俺とエディは予想していた。

火の玉や水の矢が荒々《あらあら》しくフィールドを飛び交《か》う。

「なんだ、この餓鬼ども」

ふと、背後から男の声が聞こえた。

「馬鹿ねぇ。ここを学校と勘違《かんちが》いしたのかしら？」

「へっ。悪いが、この大会に出ている以上、手加減はナシだぜ」

この荒々しい戦場で、悠然《ゆうぜん》と佇《たたず》む一組の男女。

彼《かれ》らは好戦的な表情を浮かべて、俺たちに接近した。

「ケイル、いける？」

「ああ」

返事をして、白い翼を出す。

油断していた男女が、その目に警戒の色を灯《とも》す。物怖《ものお》じしない俺たちの様子が想定外だったのだろうか。

俺たちも本戦に勝ち進みたいのだ。

獲物を逃がす気はない。

「――《光杭《パイル》》」

掌の先に光の杭を生み出し、それを眼前の男へ放つ。

杭の直撃を受けた男は、呻き声を漏らす間もなく吹《ふ》き飛んでいった。

「な、あ……えっ⁉」

驚愕《きょうがく》に目を見開く女へ、俺は更《さら》にもう一発《光杭《パイル》》を放った。

先程《さきほど》の男と同じように、フィールドの端《はし》まで吹き飛ぶ。

一瞬《いっしゅん》、周囲が静まり返った。俺たちのことを見ていた他の選手たちが、ゴクリと唾《つば》を飲む。彼らの中で俺たちの存在が、簡単に倒せるカモから、戦うべきではない強敵に格上げされたのが分かった。

「大丈夫そうだね。……僕も適当に数を減らしておくよ」

俺の様子を見て、今度はエディが積極的に戦いを始める。

エディは目に入った選手たちへ、次々と《光杭《パイル》》を放った。

「な、なんだ、この二人……ッ⁉」

「めちゃくちゃ強——ぎゃッ⁉」

光の杭が、容赦《ようしゃ》なく選手たちを吹き飛ばしていく。

どうでもいい話だが……この攻撃は、俺とクレナを襲《おそ》ったミカエルの部下たちが使っていたものだ。俺は今までこの攻撃を光の槍と考えていたが、正しくは杭だったらしい。

まあ……どっちも大して変わらないが。

「ケイル、そっちに結構いったよ！」

エディが大きな声で俺に報告する。

見れば、選手たちが一丸となって俺に接近していた。一対一では敵《かな》わないと悟り、大勢で手を組んで挑《いど》むようにしたようだ。

そこまで俺のことを警戒《けいかい》してくれるのは、光栄なことだが——。

「——問題ない」

先頭を走る男に、俺は《光杭《パイル》》を突き刺《さ》した。

「が、あ……ッ」

光の杭に串刺《くしざ》しにされた男は、呻き声を漏らして膝《ひざ》から崩れ落ちる。

俺の頭上に、光の輪が出現した。

少し試《ため》したいことがあったが――それよりも早く、男が気を失ってしまう。

『Aブロック、試合 終了《しゅうりょう》です！』

実況の声が響く。

気づけば、フィールドに立っているのは五組のチームだけだった。

俺とエディは無事に勝ち残ったらしい。互いに近づき、ハイタッチする。

『いやぁ、今回も中々凄腕《すごうで》の人が多かったですねぇ！』

『そうですね。積極的に敵を落としていたのは、あちらの獣人チーム。それとあの外套を羽織った二人組……恐《おそ》らく天使ですかね。あれだけ猛攻《もうこう》を仕掛《しか》けていたにも拘《かか》わらず、まだ余力を残している様子です。他にも色んなチームが――』

実況と解説の話を聞きながら、俺たちは控え室に戻った。

「エディ、やるな」

「僕も伊達《だて》にミカエル様に選ばれたわけじゃないからね」

試合中、何度かエディの様子を見ていたが、エディは迫《せま》り来る敵を簡単にあしらっていた。エディもかなり実力がある。

俺たちはそのまま、客席の方へ向かった。

『続いて、Bブロックの選手入場ですっ!!』

次の三十組がフィールドに登場する。

直後、Aブロックの時よりも激しく歓声《かんせい》が上がった。

その理由は、今、フィールドに現れた銀髪《ぎんぱつ》の少女だろう。

「ケイル。あれって、ミュアちゃんじゃない？」

「……ミュアだな」

注目を浴びているその少女は、間違《まちが》いなく俺の妹だった。

剣《けん》を携《たずさ》えて佇むその姿は、家にいる時と比べて大人びて見える。

『それではBブロック――試合開始っ!!』

試合が始まった後、ミュアはゆっくりと鞘《さや》に手を添《そ》えた。

次の瞬間――ミュアの周囲にいた選手たちが、壁際《かべぎわ》まで吹き飛んだ。

観客も含《ふく》め、誰《だれ》もが言葉を失う。

眷属化によって身体能力が向上した俺の目でも、辛《かろ》うじて捉《とら》えられる速度だった。あまりにも速すぎる斬撃……それをいとも容易《たやす》く放ったミュアは、小さく呼気を発する。

「今年は剣姫《けんき》が出るって噂《うわさ》、本当だったのか……」

「優勝は剣姫のチームで確定だな」

剣姫ミュア。その異名は伊達ではないと、誰もが理解した。

どう足掻《あが》いても勝てる相手ではない。しかしこのまま何もせずに脱落《だつらく》するわけにもいかない選手たちは、恐怖《きょうふ》に震える身体に鞭打《むちう》ち、戦いに参加する。

「ミュアちゃんも凄《すご》いけど、あのパートナーも凄いね」

隣で観戦していたエディが呟《つぶや》いた。

フィールドの中心に、突如《とつじょ》、天から龍《りゅう》が降り立つ。

選手たちは魔物《まもの》の吸収かと驚愕したが、すぐにそうではないと気づく。現れた龍は、明らかに一人の少女の指示に従って選手たちを薙《な》ぎ倒していた。

「シャミー＝ラファート……種族は人間。能力は【契約《けいやく》系・龍】だそうだ」

龍の背中に乗っている、茶髪《ちゃぱつ》をポニーテールにまとめた少女を見ながら、俺は先日ミュアから聞いた情報を呟いた。

龍と言えば魔物の中でもかなり上位の存在だ。膂力《りょりょく》は十分、知力も魔物とは思えないほど発達しており、個体によっては人と会話できる場合もある。

そんな龍を従えることができる能力の持ち主が、あのシャミーという人間らしい。

剣姫ミュアのパートナーを務めるだけあって、彼女も相当強かった。

「……圧勝だな」

「……圧勝だね」

特定の生物と契約を交わすことで使役《しえき》できる。それが契約系の能力だ。

どんな相手でも自由に使役できるわけではないが……それでも龍一体を従えている時点で強力すぎる。Bブロックはミュアのチームの独壇場《どくだんじょう》だった。

『Bブロック、試合終了です！』

多分、Aブロックの試合時間の半分にも満たないだろう。そのくらいの短い時間でBブロックの試合は終わった。

ミュアたちが目立ち過ぎたせいで、他の選手たちの活躍が全く目に留まらなかった。実況と解説も同様なのか、やや困った様子を見せている。

「む……？」

その時、注目の的となっているミュアが声を漏らした。

「――兄さんの匂《にお》いがしますっ!!」

ミュアは唐突《とうとつ》に、そんなことを叫《さけ》んだ。

「兄さん！　何処《どこ》にいるんですか、兄さん！　出てきてください！　愛《いと》しの妹がここにいますよーっ!!」

ミュアはぶんぶんと手を振《ふ》りながら、俺《おれ》を探そうとする。

信じられない嗅覚《きゅうかく》を発揮したミュアに、俺は顔を引き攣《つ》らせながら立ち上がった。

「……早くここを離れよう」

「う、うん……いいの、あれは?」

「ああ……いつも通りだ」

勘弁《かんべん》してくれ。

◆

その後、俺たちはミュアに見つからないようこっそりと立ち見席へ移動し、クレナとアイナが出場するCブロックの試合を観た。

クレナたちが難なく勝ち進んだところで、俺とエディはミカエルの拠点へと戻る。

「全員、無事に勝ち残ったようですね！　予選突破《とっぱ》、おめでとうなのです！」

試合の結果を報告すると、ミカエルが笑顔で称賛《しょうさん》してくれた。

「そういえば、俺たち以外にもミカエルの部下はいるんだよな?　その人たちはどうなったんだ？」

「一組だけ脱落しましたが、残る三組は勝ち進んだのですよ」

「脱落したのか」

「はいです。剣姫に負けちゃったのですよ……」

それは……どう反応すればいいのか悩《なや》む報告だった。

「いっそ、ミュアにも頼ってみるのも……」

「——それは駄目《だめ》なのです」

口から零《こぼ》れ出た思いつきを、ミカエルは素早《すばや》く否定する。

「なにせあの剣姫ですからねー。彼女が動いてしまうと、絶対に『神伝駒《しんでんく》』のことが明るみに出てしまうのです」

「……確かに、そのリスクはあるな」

今大会でもミュアほど有名な人物はいないだろう。ミュアが不自然な動きをすれば、今大会には何かがあると勘《かん》ぐり始める者が確実に現れる。

「明日の一回戦も、この調子なら問題ないね」

エディが手応えを感じている様子で言った。

俺も頷いて同意する。

「結局、浄化《じょうか》の力はあまり使わなかったな」

「そうだね。……あ、でもケイル。一回だけ使ってなかった？」

「ああ。ちょっと試そうと思ってな」

最後の方に少し試そうと思ったが、結局、間に合わなかった。

「時間が余っているから、おさらいしておこうか」

「……そうだな。頼む」

一回戦は明日だが、俺もエディも大して疲労《ひろう》していない。

これなら訓練に時間を割《さ》いても大丈夫《だいじょうぶ》だろう。

「レッスン・ワン、光の操《あやつ》り方についてはこの前済ませたね」

エディが人差し指を立てながら言う。

俺は首を縦に振って肯定《こうてい》した。

「まず光は、直進と停滞しかしない。万能《ばんのう》そうに見えて実は凄く不器用な能力なんだ」

俺が予選で使用した《光杭《パイル》》は、簡単に説明すると光を真《ま》っ直《す》ぐ放つだけの技だ。

使いやすいと言えば使いやすいが、単純で、それ故に対策もされやすい。

「その凄く不器用な能力を、天使は長い時間をかけて体系化していった。……ではここで問題です。天使が使う四種類の技はなんでしょうか？」

教師になりきったつもりで、エディは俺に問いかけた。

数日前に教わったことを思い出す。

「《光杭《パイル》》、《光輪《チャクラム》》、《光壁《ウォール》》、《光枷《バインド》》だ」

「正解！　《光杭《パイル》》は光を真っ直ぐ放つことで相手を穿《うが》つ技、《光輪《チャクラム》》は威力《いりょく》を犠牲《ぎせい》にしてより速く光を放つ技、《光壁《ウォール》》は目の前に光を停滞させることで相手の攻撃を防ぐ技、そして《光枷《バインド》》は相手の周りに光を停滞させることで動きを封《ふう》じる技だ」

正解すると、エディは楽しそうに説明した。

「ケイルの場合は今までの戦闘経験が活《い》きて簡単に習得できたけど、これって本当は全部習得するまでに結構時間がかかるんだよ？」

そうなのか、と返事をしつつも、俺は薄々《うすうす》そうだろうと予想していた。

「通常の天使でも一年……眷属の場合は二年近くが一般的《いっぱんてき》なのです。ケイルさんはそれを僅《わず》か五日で習得したことになるのですよ」

ミカエルが補足する。

俺がミカエルの眷属《けんぞく》になったのは、グランセル杯《はい》が始まる五日前だ。それから毎日エディに天使の戦い方をひたすら教えてもらった。そこそこスパルタな訓練だったが、乗り越《こ》えた甲斐《かい》はあったらしい。

しかし、それにしても……習得が相当早い。

「【素質系・王】……本当に、規格外の能力ですね。敵に回らなくてよかったのですよー」

ミカエルが神妙《しんみょう》な面持《おもも》ちで告げる。

だが、多分その能力だけが原因ではない。

天使の能力は中々扱《あつか》いが難しかった。しかし光という曖昧《あいまい》なものを、様々な形態に変化させるという能力は、吸血鬼の『血舞踏《ブラッディ・アーツ》』と通じるところがあった。

吸血鬼だった頃の経験が、今に生きている。

今まで色んな種族の眷属になったが――ちゃんと全ての経験が俺の中で息づいているのだ。だから習得も早かった。

「それじゃあ、レッスン・ツーっ！　浄化の使い方を覚えよう！」

エディが人差し指と中指を立てて言った。

いつもより明るい声音《こわね》を聞いて、俺はつい口を挟《はさ》む。

「エディ……楽しそうだな」

「そ、そうかな？　まあ、今まで自分の能力を堂々と披露《ひろう》できなかったしね」

あはは、とエディは恥《は》ずかしそうに顔を逸《そ》らした。

「さて。おさらいのために改めて説明するけど、天使が使える浄化の力は、悪意や害意に反応して、相手の能力などを打ち消すことができるんだ。……浄化の力を使って攻撃すれば、相手の精神に作用して戦意喪失《そうしつ》させることもできる」

レッスン・ツーの内容自体は既に聞いていた。

ただ、浄化の力はまだ実戦で使用した経験が足りていないため、俺はまだこの力を使いこなせる自信がない。

「今日の試合、ケイルが最後に試そうとしていたのもそれだよね？」

「ああ。……戦意喪失できるか試してみたかったが、ちょっと失敗したな」

浄化の力を使いこなせば相手を傷つけることなく倒《たお》せるはずだが、まだ俺は使いこなせていないため、普通《ふつう》の攻撃になってしまった。慌《あわ》てて浄化に切り替《か》えようと思ったが間に合わなかった。

「ちなみに、浄化の力を使っていると……」

エディが掌《てのひら》の上に光の玉を出す。

見ているとどこか気分が穏《おだ》やかになるような、優《やさ》しい光だった。

光の玉を眺《なが》めていると、エディの頭上に白い輪が生まれる。

「……こんな感じに、天使の輪っかが出てくる」

白い翼《つばさ》と白い輪を持つエディは、紛《まぎ》れもなく天使そのものだった。

エディが光の玉を消すと、白い輪も消える。

「エディは学園にいる間、浄化の力は使ってなかったんだな」

「うん。僕は学園にいる時は人間のフリをして、能力も【支配系・光】と伝えていた。翼は吸血鬼みたいに折り畳《たた》んで隠せるけど、流石《さすが》に輪っかは隠せないからね。浄化の力は封《ふう》印《いん》せざるを得なかったよ」

今更《いまさら》ながら、エディが人間のフリをするために色々工夫《くふう》していたことが分かる。

「まあ、単にソ……エディは、浄化の力が苦手というのもあるのですよ」

俺たちの話を聞いていたミカエルが、再び補足する。

「そうなのか、エディ？」

「あはは……恥ずかしいけれど、そうだね」

エディが気まずそうに後《うし》ろ髪《がみ》を掻《か》く。

「浄化は敵意や害意に反応する力だから、中々実戦練習はしにくいんだ。……取《と》り敢《あ》えず輪っかが出れば発動自体はできていることになるから、まずは輪っかを維持《いじ》するつもりで練習してみようか」

「分かった」

エディの指示に従い、俺は掌に光の玉を出そうとする。

その時、ミカエルが何か思いついたように、掌にポンと拳《こぶし》を落とした。

「そういえばお二人は試合が終わってそのままここに来たんですよね？　練習もいいのですが、先にここのお風呂《ふろ》に入っていったらどうですか？　広くて心地《ここち》いいのですよー？」

「俺たちは宿泊客《しゅくはくきゃく》じゃないけど、使ってもいいのか？」

「はいです！　グランセル杯が開催《かいさい》している間のサービスみたいなのです！」

それはありがたい。

言われてみれば服に汗が滲んでいる。少し気になってきた。

「じゃあ行くか。……エディも一緒《いっしょ》にどうだ？」

「えっ⁉」

エディも誘《さそ》うと、何故《なぜ》か大袈裟《おおげさ》に驚《おどろ》かれた。

「ぼ、僕は後にしておくよ！　あは、あはは……っ！」

「……？　分かった、じゃあ俺は先に行くからな」

挙動不審《きょどうふしん》なエディに首を傾げつつ、俺は浴場へ向かった。

◆

翌日。

俺とエディは、グランセル杯の会場に到着《とうちゃく》した。

「俺たちは、またAブロックだよな？」

「うん」

エディが頷く。

グランセル杯は試合が終わる度《たび》に、全ブロックの選手たちがシャッフルされ、次のブロックへランダムに割り当てられる。昨日、予選が終わった後、俺とエディには一回戦のAブロックへの進出が決定したと伝達があった。

次に戦う選手が前日になって初めて判明するため、通常のトーナメント戦と比べて対戦相手の対策を立てる時間があまり取れず、毎試合派手な力勝負になりやすい。

その派手な力勝負こそが、グランセル杯の人気の秘訣《ひけつ》だ。

「すぐに始まるみたいだから準備しよう」

エディの発言に俺は頷き、軽く身体を解した。

体調は万全《ばんぜん》。気分も落ち着いている。

『遂に始まります！　グランセル杯本戦っ！』

アナウンスが聞こえると同時に、観客たちが盛大《せいだい》に声を上げた。

今日から本戦開始なだけあって、その声量は予選以上だ。

『まずは一回戦Aブロックの選手入場です！』

実況のアナウンスを聞いて、俺とエディは静かに息を整える。

「……よし」

「行こっか」

軽く視線を交わし、頷いた。

フィールドには、俺たちを含め七組のチームが集まっていた。

（よし……クレナたちはいないな）

予選に続き、今回もクレナたちとは異なるブロックになったようだ。これで上手《うま》くいけば、俺たち全員が二回戦へ進出できる。

一回戦は、三十五組を十五組に絞る戦いが行われる。より正確には、七組を三組に絞る戦いを、AからEブロックの五ブロックで行う手筈《てはず》だ。

「予選と違《ちが》って、強敵もいるね」

「そうだな」

周囲にいる選手たちを観察して、俺は頷いた。

フィールドは広い。学園のグラウンドくらいはあるだろう。その中に七組しかいないのだから、予選の時と違って冷静に各チームを分析《ぶんせき》できる。

「でも……」

どのチームを見ても、緊張が膨《ふく》らむことはない。

エディも同じようだ。隣に立つ友人の、自信満々の表情が崩《くず》れることはなかった。

――問題ない。

以心伝心。

お互《たが》い、戦意に揺《ゆ》らぎがないことを確かめた。

『グランセル杯本戦、Ａブロック――開始ですっ!!』

実況の声が響くと同時に、何人かが動いた。

最初に二人組の獣人が一人ずつ左右に散った。身体能力が高い獣人は、大勢に囲まれるより早く逃げられるため、単独行動に長《た》けている。

一方、向かって右側にいた二人組の人間は、壁際まで後退した。自分たちからは手を出さず、近づいてきた敵だけを倒すという、迎撃《げいげき》のスタイルに徹《てっ》する気らしい。

そして、厄介《やっかい》なのが――。

（……吸血鬼が、頭上に二人か）

敵に回ると厄介な種族だ。

黒い羽で空を飛び、血を操ってどの距離《きより》からでも攻撃を仕掛ける。

フィールドには障害物がないため、頭上に陣取《じんど》られると、常に射線を通されることになる。俺たちが戦っている間、吸血鬼の漁夫の利を警戒し続けるのは面倒《めんどう》だ。

「取り敢えず、吸血鬼を落とすか」

「だね」

エディも同じ考えだったようだ。

掌に光が集束する。

吸血鬼の眷属だったからこそ、俺は彼らの弱点を理解している。

一つ。血で形のある物を生み出すには、多少の時間がかかってしまうこと。

そしてもう一つ。それは――。

「――くらえ」

吸血鬼《きゅうけつき》へ掌を向け、次の瞬間《しゅんかん》、俺は集束していた光を炸裂《さくれつ》させた。

眩《まばゆ》い光が放たれる。それは威力を伴《ともな》ったものではないが、確かな効果があった。

「く――っ⁉」

「め、目が……ッ⁉」

宙に浮《う》いていた吸血鬼たちが、目を押《お》さえて行動不能になる。

彼らは夜目がきく分、光に敏感《びんかん》だ。

はっきり言って――吸血鬼にとって天使は相性《あいしょう》最悪である。

「《光杭《パイル》》っ!!」

二人の吸血鬼が行動不能になっているうちに、エディが光の杭を放つ。

「ぐあッ!?」

「きゃっ!?」

二人の吸血鬼が悲鳴を上げて、地面に落ちた。

目眩《めくら》ましは天使の得意《とくい》技だ。最も簡単に発動できるというのもあるが、それ以上に、光を操る天使に光による目眩ましは効かない。

誰もが目を開けられない光の中で、天使だけは行動できる。

(吸血鬼は一人落とせなかったか。でも、敵は他にもいる……)

目の前で、吸血鬼の一人がよろよろと起き上がる。ギリギリで血の盾《たて》を生み出して、エディの攻撃を防いだのだろう。

このままトドメを刺してもいいが、その前に俺は周囲を警戒した。

「エディ、獣人《じゅうじん》が近づいてきている」

「分かってる」

小さく頷いたエディが、接近する獣人に向かって掌を伸《の》ばす。

「こういう相手には、まず——《光枷《バインド》》」

巨大な光の枷が現れ、獣人の身体を縛《しば》った。

「ぐっ⁉」

獣人は身動きが取れなくなる。

「ケイル、今だよ！」

「ああ！」

エディの声に呼応して、俺は人差し指と中指を立てた。

その指の周りに、シュルリと音を立てて回転する光の輪が生まれる。

「《光輪《チャクラム》》ッ‼」

キィン、と高い音を鳴らせて、光の輪は高速で獣人を裂《さ》いた。

光の杭で敵を穿つ《光杭《パイル》》と比べて、《光輪《チャクラム》》は発動も射出速度も速い。その分、威力は低いが、使い分けることで絶大な効果を発揮する。

「この、天使どもめッ‼」

相方の獣人が倒されたことで、もう一人の獣人が血走った目で俺たちに肉薄《にくはく》した。

獣人は一瞬だけ俺とエディを見比べ、エディの方を標的にする。

しかし――。

「おっと」

「ぶげっ⁉」

エディの背中へ襲い掛《か》かろうとしていた獣人は、突如、現れた光の壁に衝突《しょうとつ》した。

光の壁を生み出す技、《光壁《ウォール》》だ。

光の壁に顔面を強打し、獣人は顔を押さえる。その隙《すき》にエディは振り返り、

「《光枷《バインド》》」

「く、くそ……っ⁉」

獣人は、光の枷によって身動きを封じられた。

「迂闊《うかつ》に近づいちゃったね」

不敵な笑《え》みを浮かべるエディの直上に、光の杭が生まれた。

その杭は、時が経《た》つにつれて少しずつ大きくなる。

「ちょっと大きめの――《光杭《パイル》》！」

さながら大木の如く巨大《きよだい》な杭が、目の前の獣人を貫《つらぬ》かんとした。

「く、そォッ⁉」

獣人が持ち前の身体能力で《光枷《バインド》》を強引《ごういん》に破《は》壊《かい》し、素早く飛び退《の》く。

だがエディは冷静に獣人の動きを見極《みきわ》め、杭の軌道を調整した。

「逃がさないよ！」

「ぐあっ⁉」

重心が杭に押し潰《つぶ》される。

強靱《きょうじん》な肉体を持つ獣人とて、この一撃《いちげき》には耐《た》えられないだろう。

だが、今の光景に俺は疑問を覚える。

「今……曲がらなかったか？」

「まあ、ちょっとだけね。浄化は苦手だけど、光の操作だけなら得意なんだ」

天使が操る光は、原則、直進か停滞しかできないはず。

だがエディは、その原則を無視するほどの特殊《とくしゅ》な能力があるらしい。

最後の一撃を除いても、エディはのんびり戦っているように見えて、高度な光の操作を迅速《じんそく》に行っていた。今の俺には真似《まね》できない技術だ。

(折角《せっかく》だし……使ってみるか、浄化の力)

いつどこで、ウリエルの部下と戦うことになるか分からない。

今のうちに試せるものは試して、もっと強くならなくては……。

掌に光の玉を出す。

このまま解き放てばただの目眩ましだが、この光の玉に浄化の力を宿す。

光の玉が、不思議な存在感を放つようになった。

もっと――もっと、力を込《こ》められる。

「ケイル……？」

俺の頭上に浮かんだ白い輪を見て、エディが怪訝《けげん》な顔をした。

光の玉が、徐々《じょじょ》に輝《かがや》きを増す。

輪郭《りんかく》が少しずつブレた。まるで内側に込めた浄化の力が、球体の形に留まることができず、溢《あふ》れ出そうとしているかのように。

これを、一気に解放すれば――。

「ちょ、ちょっと待った！　ケイル、それは……っ!?」

「――浄化」

掌を中心に、眩い光がフィールドを染めた。

光の波動が選手たちの身体をすり抜《ぬ》ける。

悪意や害意、敵意に反応して、それらを消す効果があるという浄化の力。これを選手たちに当てれば、理屈《りくつ》の上では戦意喪失で戦えなくなるはずだが……。

「…………ん？」

ふと、俺は周囲が静寂《せいじゃく》に包まれていることに気づいた。

まだ試合中だ。だというのに、この静けさは何なのか。

集中を解き、辺りを見回すと……。

「……あれ？」

先程まで戦意を滾《たぎ》らせていた選手たちが、まるで感情が抜け落ちたかのように呆然《ぼうぜん》としていた。彼らはまるで寝起《ねお》きのように、どこか安らいだ様子でゆっくりと瞬《まばた》きする。

『な、何が起きたのでしょうか。今の光は……』

『多分……天使の種族特性である、浄化の力ですね。恐らくは、選手たちの戦意を喪失させようとしたんでしょうけど……』

困惑《こんわく》する実況《じっきょう》に対し、解説が震《ふる》えた声で告げた。

『………これ、全滅《ぜんめつ》してますね』

◆

試合が終わった後、俺とエディは注目を避《さ》けるように早足で控《ひか》え室《しつ》に戻《もど》った。

あの後……何人かの選手たちが、我に返ったかのように戦意を取り戻した。しかし残りの選手たちは戦意を取り戻すことなく、ぼーっとその場に立ち尽《つ》くすだけだった。

熾烈《しれつ》な戦いが再開されることはなく、俺たち以外の二チームが放心状態から我に返ったことで試合は終了となった。

勝ち上がったのは俺たちと、吸血鬼のチームと、人間のチームだ。しかし俺たち以外のチームは、まるで勝利の実感などないように、今も控え室で放心していた。戦って勝ち進んだというより、戦意を取り戻したというだけで勝者となったのだから、無理もない。

「びっくりしたよ」

控え室から客席へ繋《つな》がる細い廊下《ろうか》を歩きながら、エディが言う。

「僕《ぼく》はまだどこかで、ケイルの能力を侮《あなど》っていたのかもしれない。……あれが君の本当の力なんだね」

エディは感心したように言った。

（……そういえば、俺の能力が【素質系・王】だと発覚して、そろそろ二ヶ月か）

吸血鬼領での戦いを経て、俺は自分の能力を自覚した。

以来、俺はその能力を使って戦い続けてきた。

（能力を、使いこなせてきたということか……）

吸血鬼領の時よりも、確実に亜人《あじん》の種族特性を使いこなせている。

能力が特殊なだけではない。

強くなっているんだ……俺自身が。

「ここにいたのですねー」

盛り上がる観客たちの間を抜けて、空いている客席を探していると、幼い少女の声がした。振り返ると、黄色い帽子《ぼうし》を被《かぶ》った少女がこちらを見ている。

少女が帽子を少しだけ持ち上げ、顔を俺たちに見せた。

「ミカエ――――」

その名を呼ぶ前に、俺は少女の姿を見て硬直《こうちょく》する。

「……………なんだその格好」

「これなのです？　変装用の服を探していたところ、お店の人にオススメされたのですよ！　じゃーん、なのです！」

ミカエルは身に纏《まと》った服を見せつけるように、その場でくるっと身体を回転させる。

ミカエルはゆったりとした水色の服を着て、大きな黄色い帽子を被っていた。

俺の記憶《きおく》が確かなら、その水色の服はスモックと呼ばれるものだったはずだ。

ミカエルは何故か……園児服を着ていた。

（変装っていうよりコスプレだな……）

これをオススメする店員も店員である。

しかし、元々子供らしいミカエルに園児服は確かに似合っていた。

「……その、ミカエル様はどうしてここに？」

エディが引き攣った顔でミカエルに訊《き》いた。

園児服に関しては突《つ》っ込まないことにしたらしい。

「会場の方から強めの力を感じたので、変装して飛んで来たのですよ。まあ案の定、ケイルさんだったわけですが」

そう言ってミカエルは俺を見る。

「浄化の力を、かなり大きな規模で使ったようですねー」

「ああ。……マズかったか？」

「いえ、問題ないのです。グランセル杯も既《すで》に本戦が始まっていますし、お互い手のうちを隠《かく》すのも限界になってきているのですよ。遅《おそ》かれ早《はや》かれというやつなのです」

それならば、まあよかった。

「とはいえ、次からはあの力を使っても圧勝はできないと思うのです」

「……そうなのか？」

「本来、浄化のみで相手を倒すなら、浄化を与《あた》え続けなければならないのですよ。精神は時と共に変化するので、一時的に干渉《かんしょう》してもすぐ元に戻っちゃうのです。今回は警戒《けいかい》されていなかったら、偶々上手《たまたまうま》くいっただけなのですよ？」

「……つまり、本来ならあのやり方だと、一時的にしか相手を止められないってことか」

「はいです。次からは相手も警戒しているはずなので、きっとすぐ我に返っちゃうと思うのですよ」

園児服のミカエルが、腕《うで》を組み、まるで俺たちの上司であるかのように告げる。

「なので、次からは《光杭《パイル》》で相手を串刺《くしざ》しにしてから浄化を使うといいのですよ。そうすれば浄化の力は相手の精神に作用し続けるのです」

「……なるほど」

結局、浄化の力は攻撃《こうげき》とセットで使った方がよさそうだ。

（天使って……ちょっと、怖《こわ》いな）

目の前の少女を見ながら、俺は内心で思う。

無垢《むく》で無邪気《むじゃき》で、天真爛漫《てんしんらんまん》な子供に見えるミカエルが串刺しなんて言葉を口にする。その奇妙《きみょう》なギャップに俺は緊張《きんちょう》した。

「なんにせよ、無事に一回戦も突破できたようでよかったのです！」

ミカエルが満面の笑みで言う。

今のところ作戦は順調。このまま優勝できれば楽だが……。

「俺にばかり注目が集まっているけど、エディもかなり強かったな」

「ケイルほどじゃないけどね」

エディが謙遜《けんそん》気味に笑う。

「ソ……じゃなくてエディは、私の眷属になってからも、人間の能力が機能してるのですよ。だから眷属なのに、とーーっても強いのです！」

ミカエルが自慢《じまん》気《げ》に胸を張って言った。

それはどういう意味なのか……不思議に思っていると、ミカエルが説明する。

「通常、人間は亜人の眷属になる時、元々持っていた能力を失うのです。でも極稀《ごくまれ》に例外がいて、エディはその一人なのですよ。……エディは元々、【支配系・光】という能力の持ち主でした。それが天使の眷属になった後も機能しているため、通常の天使よりも光の操作が上手なのです！　これは生まれつき天使だった私たちにはない、眷属ならではの特徴《とくちょう》なのですよーっ！」

ミカエルが興奮した様子で続ける。

「こんなふうに、元の能力と種族特性の相性がよければ、眷属になった時に相乗効果が生まれることがあるのです！」

「へぇ……」

　亜人の眷属になることが多い俺でも、それは知らなかった。

「ただしその反面、浄化の力とは相性が悪かったみたいで上手く使えないのです。……つまりエディは、天使にしては珍《めず》しく武力特化タイプなのですよ」

　相乗効果もあれば、その逆で効果が下がってしまう場合もあるということか。

　エディが浄化を苦手としている理由が分かった。

「ちなみに分かっているとは思うのですが、ケイルさんも他人事ではないのです」

　ミカエルが俺の顔を見て告げる。

「【素質系・王】……これもまた、亜人の眷属になった後でも機能する能力なのです。二人はどちらも異端《いたん》なのですよ」

　エディも俺と同じように、亜人の眷属になることで戦う力を得た人間らしい。

　案外、俺たちは似たもの同士なのかもしれない。

「そろそろ次の試合が始まるみたいだね」

　エディがフィールドを見て言う。

『Bブロック、試合開始っ!!』

　実況が試合開始の合図をした。

俺たちが戦ったAブロックの時と違って、開始早々に動く選手はいない。

だが、やがて痺《しび》れを切らしたように獣人のチームが動き出した。

闘争《とうそう》本能が旺盛《おうせい》な獣人は、待つことより攻《せ》めることの方が好きなのかもしれない。その獣人は肉眼では捉《とら》えきれないほど素早い動きでフィールドを駆《か》けた。

しかしBブロックにはもう一人の獣人がいる。

アイナだ。

アイナは『部分獣化《じゅうか》』で右腕《みぎうで》を虎《とら》のものに変え、肉薄する獣人の蹴《け》りを受け止める。

その隙に、クレナが『血舞踏《ブラッディ・アーツ》』で獣人を弾《はじ》き飛ばした。

「クレナもアイナも、調子がいいな」

「うん。……今更だけど、あの二人もあんなに強かったんだね」

グランセル杯の本戦ともなれば、相手選手たちも実力者ばかりになる。だがクレナとアイナはそんな選手たちにも劣《おと》っていない。

片や、先代吸血鬼王の孫でもある純血の吸血鬼。

片や、幼い頃《ころ》から革命軍の一員として鍛《きた》え続けた生粋《きっすい》の戦士。

二人なら、この試合も勝ち残るだろう。

俺《おれ》がそう安心した時……フィールドの片隅《かたすみ》で、二人の青年が白い翼を広げた。

天使だ。

彼《かれ》らは先程《さきほど》の俺やエディと同じように、光の杭で目の前にいるチームを攻撃する。

「あの天使……ウリエルの配下だ」

小さな声で、エディが呟《つぶや》いた。

「なんで分かったんだ？」

「戦い方だよ」

短く答えたエディは、試合を観戦しながら説明する。

「天使の一般的な戦い方はね、浄化の光を操って、相手の戦意を削《そ》ぐことなんだ。そうやって、できるだけ相手を傷つけることなく倒す。……だから本来、天使の戦いに命のやり取りなんて不要なんだよ」

エディは眉間《みけん》に皺《しわ》を寄せ、ウリエルの配下たちを睨《にら》みながら続けた。

「でもあの天使たちは違う。あれは明らかに殺意を込めて攻撃している。……ウリエルは反乱を成功させるために、配下たちをそういうふうに育てているんだ。天界にいる、多くの天使たちを殲滅《せんめつ》するためにね……」

ウリエルの配下は、エディの言う通り容赦《ようしゃ》がなかった。

人間と悪魔《あくま》のチームが、ウリエルの配下たちを攻撃する。配下たちは《光枷《バインド》》で彼らの動きを縛った後、顔面目掛《めが》けて《光杭《パイル》》を何度も放った。

天使の種族特性を、武力としてのみ活用する。

その戦い方がウリエルの配下らしいと聞いて、俺はエディのことを一瞥《いちべつ》した。

（それじゃあ……エディも、一般的とは言えなくなってしまう）

何故なら、エディもまた浄化の力を使いこなせない。

エディは能力的には、ウリエルの配下と近いのかもしれない。

『Bブロック、試合 終了《しゅうりょう》です‼』

最終的に残った三チームの中には、クレナとアイナもいたし、ウリエルの配下たちもいた。できれば今のうちにウリエルの配下を倒した方がよかったかもしれないが、これは他のチームも多数出場するバトルロイヤルだ。クレナたちに指示を出すか迷っている間に選手たちが脱落《だつらく》し、決着がついてしまった。

「よし……今のところ順調だな」

俺たちもクレナたちも勝ち上がっている。

「……ケイルさん。落ち着いて聞いて欲《ほ》しいのです」

この状況《じょうきょう》に手応えを感じていると、ミカエルが小さな声で告げた。

「正面、少し右側……階段の上にある立ち見席。そこにいる、黒い外套《がいとう》を羽織った男を視線だけで見て欲しいのですよ」

ミカエルの言う通り、俺は身体の向きを変えることなく目だけでその相手を見た。

立ち見席に黒い外套を羽織った大柄《おおがら》の人物がいた。フードの下から見える頬骨《ほおぼね》と顎《あご》の輪郭から、恐《おそ》らく男だ。

「あれが――ウリエルなのです」

ミカエルが告げると同時、俺はウリエルと目が合った――ような気がした。

気のせいだ。ウリエルは会場全体を見ているだけだ。しかしその圧力、存在感が予想の遥《はる》か上だったせいで、俺の視線はウリエルに引き寄せられていた。

「ケイル！」

「っ」

エディの声を聞いて、正気に戻る。

いつの間にか冷《ひ》や汗《あせ》をかいていた。頬を伝う汗を、俺は手の甲《こう》で拭《ぬぐ》う。

「反乱を企《くわだ》てるだけあって、ウリエルの実力は四大天使の中でもトップなのですよ。それこそ、神族《しんぞく》との約束がなければ、あの男が天使族の王になっていたはずなのです。……だからこそ、ウリエルは反乱を起こすつもりなのですよ」

そう言ってミカエルは、黄色い帽子を深々と被り直した。

「ウリエルに見つかる前に、私は宿に戻るのです。……沢山《たくさん》の一般人《いっぱんじん》がいるここを、戦場にするわけにはいかないのですよ」

その台詞《せりふ》が聞けるだけでも、俺はミカエルの陣営《じんえい》に与《くみ》してよかったと思う。

『Cブロック、選手入場です！』

ミカエルが立ち去った後、フィールドに新たな選手たちが姿を現した。

「エディ、どうする？　もう少し敵情視察していくか？」

「そうだね。あまり長居はしない方がいいかもしれないけれど──っ」

エディの返事が途《と》切《ぎ》れた。

その目を見開き、エディはフィールドに佇《たたず》む一人の男を見据《みす》える。

「……クロウ」

漆黒《しっこく》の外套を纏った、灰髪《はいがみ》の男だった。

外套の隙間《すきま》から白い翼が出ている。天使のようだ。

「知り合いか？」

「……ウリエルの配下だよ」

そう告げるエディの声音は、先程、他の配下を見つけた時よりも硬《かた》い。

「多分、僕らが戦わなくちゃいけない……最も強い敵だ」

その説明を聞いて、俺はエディが緊張している理由を理解した。

空気が張り詰《つ》める。俺たちは、クロウという男の一挙手一投足に注目した。

『Cブロック、試合開始っ!!』

試合が始まった。

「――《光杭《パイル》》」

瞬間、クロウの頭上に巨大な光の杭が現れる。

その数……凡《およ》そ五十本。

フィールドの上空が眩く光り、観客たちを遍《あまね》く照らしていた。幾重《いくえ》にも杭が連なったことで、まるで光輝《ひかりかがや》く水晶《すいしょう》が浮いているように見える。

だが、その幻想的《げんそうてき》な光景は実際のところ――殺意の塊《かたまり》である。

「死ね」

光輝く水晶が、盛大に弾《はじ》けた。

射出速度が速すぎる。その水晶に見惚《みと》れていた者たちは、一体何が起こったのかも分からない。ただ気づけば無数の光る杭がフィールドの地面を穿《うが》っていた。

まるで墓標のように、光る杭が地面に突き刺《さ》さっている。

選手たちは……誰《だれ》も動かない。

『し、試合、終了――ッ!!　あ、あまりにも一瞬《いっしゅん》過ぎる決着ですっ!!』

『辛《かろ》うじて直撃《ちょくげき》を免《まぬが》れた選手たちがいますが……とても動ける様子ではありません。これは、圧倒的《あっとうてき》ですね……』

実況と解説も困惑していた。

予定通り、三組が勝ち上がることになりそうだが……実質、Cブロックの勝者はクロウのチームだけだ。

「ケイル……早くここから去ろう」

「……そうだな」

ウリエルも会場にいる。

敵情視察を続けても、これ以上の収穫《しゅうかく》はないと判断し、俺たちは会場を去った。

そのまま、王都の街へ出た直後。

「――もう帰るのか」

頭上から男の声が降ってくる。

直後、眼前に一人の男が降り立った。黒い外套に白い翼《つばさ》――クロウだ。

いつから俺たちの存在に気づいていたのか……クロウは俺たちの行く先に立ち塞《ふさ》がる。

「クロウ……」

「久しぶりだな。孤児院《こじいん》以来か」

エディとクロウが、睨み合いながら言葉を交《か》わした。

「君が、ウリエルの配下になったことは知っていたよ。……嫌《いや》というほど噂《うわさ》が聞こえてきたからね」

「そうか。まあ俺の方は、お前の噂なんてろくに聞かなかったがな」

クロウはそう言って、視線を俺に移す。

「分不相応な仲間を作ったな。……それだけ、お前がひ弱になったということか」

エディの白い翼が、微《かす》かに震えた。

「クロウ。あまり僕たちを侮ったら、痛い目に遭うよ」

「くだらん。俺はあの時とは比にならないくらい強くなった」

クロウは不敵に笑う。

「なんなら――試《ため》すか？」

ゾワリ、と空気が急激に冷えたような気がした。

久々に感じる強烈《きょうれつ》な格。亜人にとって強者の証明となるその力が、大気を陽炎《かげろう》のように歪《ゆが》ませるほどの圧力として周囲に放たれていた。

「エディ」

「……うん、分かってる」

念のため俺はエディに声をかけたが、エディは冷静さを保っていた。

この挑発《ちょうはつ》に乗ってはならない。

「クロウ、君とは大会で決着をつけるよ。……ウリエルも、今はなるべく目立ちたくないんだろう？」

「……相変わらずのお利口さんだな」

クロウはつまらなそうに言う。しかし自ら手を出してこないところから察するに、エディの発言は図星なのだろう。

バサリ、とクロウは翼を揺らし、上空へ飛んだ。

立ち去ったクロウの背中が見えなくなったところで、俺たちは深く息を吐《つ》く。

「あれは……強いな」

エディが伏《ふ》し目《め》がちに「うん」と頷《うなず》く。

「……薄々《うすうす》気づいているとは思うけど、彼と僕は、同じ孤児院で育ったんだ。でも、僕はミカエル様に引き取られて……クロウは、ウリエルの配下となった」

その結果、二人は対立したのか。

「クロウは今や、ウリエルの配下でも最強と言われている。敵陣営である僕の耳にまで噂が届くくらいだ……実力は確かなんだろう」

王都の街を歩きながら、エディは続けて語る。

「クロウは、僕にとって因縁《いんねん》の相手だ。だから……」

震えた声で、エディは何かを言おうとした。

拳《こぶし》を握《にぎ》り締《し》めるその姿を見て、俺はエディが何を言いたかったのか察する。

「エディ。一緒《いっしょ》にあいつを倒《たお》そう」

「……うんっ！」

クロウを倒したい。そんなエディの意志を、俺は支えることにした。

第三章 相反する翼

グランセル杯《はい》の二回戦が始まった。

現在、勝ち残っているのは十五組のチームだ。二回戦ではこの十五組を六組まで絞《しぼ》ることになる。五組を二組に絞る戦いを、三ブロックで行う手筈だ。

この試合が始まる前、俺たちはミカエルに悪い報告を聞いた。

ミカエルの部下はエディを除き、一回戦で全員敗北してしまったらしい。これでミカエル陣営のチームは俺たちとクレナたちの二チームになった。

この結果を予想していたからこそ、ミカエルは俺に助けを求めたのだろう。

会場へ向かう前、ミカエルから「信頼《しんらい》しているのですよ」と明るい笑顔《えがお》で言われた。できればその信頼に応えてみせたい。

『それでは、グランセル杯二回戦！　Aブロックの選手入場です！』

実況の声と共に、俺とエディはフィールドへ出た。

観客たちの視線が全身に突き刺さる。この独特な雰囲気《ふんいき》にはまだ慣れそうにない。

しかし今は、観客の目が気にならないくらい、巨大な問題に直面していた。

「ケイル、これは……最悪の事態かもしれないね」

「……ああ。絶体絶命だ」

控え室で待機していた時から、冷や汗がずっと止まらない。

鼓動《こどう》が限界まで加速していた。手足も震えている。

この最悪のコンディションには、勿論《もちろん》、理由がある。

「まさか、ミュアと同じブロックになるとは……っ」

フィールドには、実の妹である剣姫《けんき》ミュアの姿もあった。

まさかとは言ったものの、遅かれ早かれそうなってしまうだろうとは思っていた。しかしいざこの状況に直面してしまうと……形容し難《にく》い恐ろしさがある。

まず、勝てる相手だと思わない方がいい。吸血鬼領、獣人領、魔界《まかい》で俺が最後に発揮した王の力を使えば、勝敗は分からないが……今の俺はまだ天使の力を完全には使いこなせていない。今の俺にとってミュアは太刀《たち》打ちできない相手だ。

しかし、そういう実力差とは関係なく――。

(正体がバレたら怖い……)

ミュアは人目を憚《はばか》ることなく俺を持ち上げるところがある。

こんな衆目の中でいつものブラコンっぷりを発揮されると、俺は社会的に死ぬかもしれない。……絶対に俺の正体がバレないようにしなくては。

『解説のスティングさん！　注目するべきチームはどれでしょうか⁉』

『まあまずは剣姫がいるチームですよね。彼女《かのじょ》のパートナーであるシャミー選手も予選から派手に活躍《かつやく》しています。近くにいる敵は剣姫が斬《き》り、遠くにいる敵はシャミー選手が龍《りゅう》で倒す。非常にバランスが取れた構成です』

実況と解説に紹介《しょうかい》されたミュアは、観客たちに軽く手を振《ふ》っていた。

俺と違《ちが》って注目されることに慣れている。

（……意外と、外ではしっかりしているんだな）

思わず感心して、すぐに頭を振った。

微笑《ほほえ》ましい気分に浸《ひた》っている場合ではない。

『他にもありますよ。例えば、あの真っ白な外套を羽織った天使族の二人ですね』

『ノウン選手とエディ選手ですね。一回戦ではノウン選手が浄化《じょうか》の力を使って、他の選手たちを纏めて無力化していました！』

『あれは凄《すさ》まじいですね。天使の中でもあそこまで強力な浄化を使える者はそういないはずです。もしかすると天使族の重鎮《じゅうちん》かもしれませんよ』

『顔を隠しているのが気になりますね。……誰か取ってくれませんかね』

　余計なことを言うな、実況。

　その後も実況と解説は選手たちを紹介し続けたが、俺はミュアのことで頭が一杯だったため殆《ほとん》ど聞けなかった。

『それでは――Aブロック！　試合開始ッ!!』

　遂《つい》に試合が始まった。

「悪い、エディ。……できればミュアと距離《きょり》を取りたい」

「うん。できるだけ自然に離《はな》れよう」

　エディも俺の心境を察してくれているのか、頷いてくれた。

　周囲を警戒して後退するような素振《そぶ》りで、俺とエディはミュアのチームから離れる。

　次の瞬間《しゅんかん》、横合いから槍《やり》が伸びてきた。

「――ッ!?」

　咄嗟《とっさ》に身体を翻《ひるがえ》し、間一髪《かんいっぱつ》で槍を躱《かわ》す。

「へえ、今のを避けるのか」

　穂先《ほさき》が頬を掠《かす》り、微かに血が垂れた。

　垂れ落ちる血を手の甲で拭った俺は、槍の使い手を見据え……目を見開く。

「ライナー……」

その男の名を、小さく呟いた。

ライナー＝キルシュテイン。以前、クレナとアイナをグランセル杯のパートナーに誘《さそ》っていた、三年生の男だ。

「ケイル、知り合い？」

「……まあ、そんな感じだな」

決して仲がいいわけではないが……多少の因縁は、あるかもしれない。

「エディ。あの男は、俺に任せてくれないか？」

「……分かった。じゃあ僕は、彼のパートナーを倒すよ」

軽く言葉を交わし、俺とエディはライナーのチームを迎《むか》え撃《う》つことにする。

「はッ!!」

「《光壁《ウォール》》ッ!!」

ライナーが握る槍は、変幻自在《へんげんじざい》の動きで俺の肉体を貫こうとしていた。

右から来ると思いきや上から来る。その急激な軌道の変化は、凡人《ぼんじん》のソレではない。

（コイツは……俺のことに、気づいてなさそうだな）

偽名《ぎめい》を使っていることに加えて顔も隠しているので、当然だ。

迫《せま》り来る槍を光の壁で防御《ぼうぎょ》しながら、俺はつい口を開いた。

「ヘイリア学園の、生徒だよな……？」

そう訊くと、ライナーは攻撃の手を止める。

「なんだ、君も僕のことを知っていたのか」

「君も？」

「よく声をかけられるんだ。まあ無理もないか。……王国最大の学《まな》び舎《や》と名高いヘイリア学園、僕はその中でも最強と言われているからね」

最強……？

ライナーは有名な上級生とは聞いていたが、それは初耳である。

自称《じしょう》ということだろうか……？

「……そうなのか」

「今更《いまさら》惚《ぼ》けても無駄《むだ》だ」

いや、俺は学園の生徒か訊いただけで、お前のことを知っているつもりで声をかけたわけじゃないんだが……。

「君は亜人みたいだね。……羨《うらや》ましいよ。亜人社会では、強さで身分が決まるんだろう？」

ライナーは語り出した。

「人間の社会は間違《まちが》っている。強さよりも生まれ持つ権力で身分が決まるなんて。……この僕が、愚図《ぐず》と同じ空間で過ごさなくちゃいけないなんておかしいと思わないかい？」

その同じ空間というのは、学園のことか。

「学園のことを自慢《じまん》したいのか貶《けな》したいのか、どっちかにしたらどうだ」

「自慢したいよ。だから困っているんだ。あの学園には愚図も多いからね」

そこまで言って、ライナーは少し顔を顰《しか》めた。

「君、ちょっと不愉快《ふゆかい》な声をしているね。僕の学園にいる落ちこぼれと似ているよ」

それは……十中八九、俺のことだろう。

「落ちこぼれ、か……」

「ああ。うちの学園にいる飛び切りの劣等生《れっとうせい》でね。いつまでたっても能力が開花しないゴミだよ。何度か掃除《そうじ》しようと思ったんだけど、まだ上手《うま》くいってないんだ」

「……掃除？」

怪訝な顔をすると、ライナーは小さく笑い声を零《こぼ》した。

「面白《おもしろ》い話があるよ。聞くかい？」

ライナーは下卑《げび》た笑《え》みを浮《う》かべて尋《たず》ねた。

俺は眉間に皺を寄せたまま沈黙《ちんもく》する。それを肯定《こうてい》と受け取ったライナーは語り出した。

「その落ちこぼれは昔から悪目立ちしていてね。見るに堪《た》えなくなった僕は、ゴミ掃除のつもりで、後輩《こうはい》に彼を虐《いじ》めて退学させるようけしかけてみたんだ。するとそれが思った以上に流行《はや》ったらしくて、いつの間にか色んな人があの男を虐めるようになったんだよ」

ライナーは、心底愉快《ゆかい》そうに語る。

なんだ、それは……？

この男が、後輩に俺を虐めるよう指示した？　その一件を境に、色んな人たちが俺を虐めるようになった？

つまり……。

(俺が、ずっと虐《しいた》げられてきたのは……コイツのせいだったのか？)

ライナーは、俺の感情など知る由もなく語り続ける。

「あれならすぐ退学すると思ったんだけどね。意外にもしぶとく耐《た》え続けているんだ。まったく……勘弁《かんべん》して欲しいよ。僕はこれ以上、あんなゴミと同じ空気を吸いたくないというのに。あの男は、しぶとさだけが厄介《やっかい》な、雑草みたいな存在だよ」

何が面白いのか、ライナーはニヤニヤと笑いながら語り続けた。

クレナたちと出会ってから、少しずつ忘れていた過去を思い出す。

あの苦痛の日々の、全ての元凶《げんきょう》が——目の前にいた。

「っと、すまない。喋《しゃべ》りすぎたみたいだ。……観客たちを退屈《たいくつ》させたくないし、そろそろ仕留めさせてもらおうかな」

観客たちに注目されていると感じたのか、ライナーは槍を構えた。

「僕の能力は【覚醒《かくせい》系・槍】だ。……槍を握った僕は、無敵と考えてもらってもいい」

わざわざ自分の能力を開示するのは、俺には絶対負けないという自信の表れだろう。

覚醒系は、ある瞬間を境に、特定の技能を極《きわ》めた状態となる能力。ライナーは能力に開花すると同時に、槍の達人になってみせたということだ。

「じゃあ――これで終わりだッ!!」

ライナーが一瞬で俺の懐《ふところ》に潜《もぐ》り込《こ》み、高速の突きを繰《く》り出した。

(……不思議だな)

強烈な突きが迫り来る中、俺はぼんやりと心の中で呟いた。

(本来なら、もっと怒《おこ》ってもいいはずなのに………)

ライナーの余裕綽々《よゆうしゃくしゃく》といった面構《つらがま》えを見ても、焦《あせ》ることなく掌《てのひら》を前に向ける。

(俺は――思ったよりも冷静だ)

光の壁を掌に複数展開する。

咄嗟に思いついた技――五重の《光壁《ウォール》》。降って湧《わ》いたアイデアを簡単に成功させるくらいには、俺は落ち着いていた。

強力な光を放つ壁で、俺は一歩も動くことなくライナーの槍を防いだ。

「――え？」

ガキン！　と激しい音が響《ひび》いた直後、ライナーの槍がへし折れる。

「ぼ、僕《ぼく》の、槍が……ッ⁉」

槍が破《は》壊《かい》されることは想定外だったのか、ライナーは目に見えて焦《しょう》燥《そう》する。

「《光杭《パイル》》」

「ぐあ……ッ⁉」

ライナーの胴《どう》体《たい》を、俺は光の杭で穿った。

ライナーは自信満々な表情を崩《くず》し、今にも泣き出しそうな情けない顔をする。

――浄化。

俺の頭上に天使の輪が生まれる。

光の杭でライナーを串刺しにしながら、浄化の力を発動した。

「あ、あぁっ、あぁあああ…………っ」

ジュウウ、と何かの溶《と》けるような音と共に、ライナーの全身から白い煙《けむり》が溢《あふ》れ出た。その身に渦《うず》巻《ま》く悪意、害意、敵意、戦意が霧《む》散《さん》していく。

倒れた。

ライナーの濁《にご》っていた瞳《ひとみ》が徐々《じょじょ》に穏《おだ》やかになり、そして最後は清々《すがすが》しい顔つきになって
「ケイル、お疲《つか》れ」

ライナーが起き上がる様子はない。

エディが声をかけてくる。

丁度、エディもライナーのパートナーを倒したようだ。

「……ケイル、どうかしたの？」

「いや、ちょっと言い争いになったんだが……思ったより冷静でいられてな」

少しぼかして答える。エディは今まで俺の境遇《きょうぐう》を心配していたため、ライナーから話さ
れた内容を全て伝えるのは憚られた。

「それが、欲を捧《ささ》げるということだよ」

奇妙な気分に陥《おちい》っている俺に、エディは神妙《しんみょう》な面持《おもも》ちで告げる。

「ケイルは今、憤怒《ふんど》を失っているからね。怒《いか》りを感じにくくなっているんだ」

エディは周囲の選手たちをざっと見ながら続けた。

「今だから言うけど、僕も学校にいる時は、ちょっとだけ大袈裟《おおげさ》にリアクションをしてい
たんだ。そうでもしないと、人間からすると淡白《たんぱく》に見えちゃうかもしれないからね」

「……天使は、怒らないのか？」

「怒るよ。でも今の君みたいに理性的だ。……合理的とも言える」

天使の眷属《けんぞく》になる時、ミカエルは言っていた。

欲を失うと、人間っぽくなくなる。……あれは、こういうことか。

『試合終了――――ッ‼』

その時、実況《じっきょう》の声が響いた。

『勝ち残ったのは、剣姫・シャミーチームと、ノウン・エディチームです！』

『またしても剣姫が一瞬で殆ど倒しましたねぇ』

実況と解説の話を聞きながら、俺とエディは控《ひか》え室《しつ》へ戻《もど》る。

ライナーとの戦いであまり周りを見ていなかったが、またしてもミュアが殆どのチームを倒したらしい。

「ケイル、大丈夫《だいじょうぶ》？」

細い廊下《ろうか》を歩きながら、エディが訊《き》いてきた。

「天使の眷属になったこと……後悔《こうかい》してない？」

不安げな表情で、エディは俺の顔を見る。

罪悪感を覚えているのだろう。その表情を見て、俺は笑ってみせた。

「大丈夫だ、このくらい。……俺は今まで吸血鬼《きゅうけつき》と獣人《じゅうじん》と悪魔になったんだぞ？　この程度の変化に今更驚《いまさらおどろ》きはしない」

事前にミカエルが言っていた通り、別に感情が丸ごと消えるようなわけではない。

悪魔になった時は記憶《きおく》を失っていたのだ。あれと比べればこの程度なんともなかった。

「ケイル……本当に強くなったね」

エディは、感心するような目で俺を見た。

「戦う強さとかじゃなくて、なんていうのかな……心も強くなってるよ」

そう言われるとむず痒《がゆ》い。

ライオスも以前学園で似たようなことを言ってきた。あまり実感はないが、昔からの付き合いである二人が言うなら、そうなのかもしれない。

『Bブロックの選手入場です！』

客席に出ると同時に、次の試合の準備が始まっていた。

Bブロックにはクレナたちが出る。エディと共に立ち見席へ移動した。

「ちょっと、マズいかもね。……ウリエルの配下が二チームいる」

フィールドを眺《なが》めながらエディが呟く。

一回戦の時にクレナと戦ったチームに加え、今回は他のウリエルの配下もいる。

あの二チームが結託《けったく》してクレナを狙《ねら》うと面倒《めんどう》なことになるが……今のところその恐れはないだろう。何故《なぜ》ならクレナとアイナは、現状ただの学生としてグランセル杯に参加している。ウリエルたちに敵と認識《にんしき》されていないはずだ。

『Bブロック――試合開始っ!!』

戦いが始まる。

クレナたちはすぐに近くにいるチームを攻撃《こうげき》した。クレナは『血舞踏《ブラッディ・アーツ》』を使い、アイナは『部分獣化《じゅうか》』を駆使《くし》する。

ウリエルの配下は、クレナたちの猛攻《もうこう》に押《お》されていた。

「……これは、いけるかもしれないな」

「うん。……改めて、あの二人の凄《すご》さを思い知ったよ」

これほど頼《たの》もしい味方はいない。

昨日、相対したクロウは恐ろしい力を持っていた。だが見たところ、ウリエルの配下の全員がクロウ並の実力を持っているわけではなさそうだ。

(ウリエルは……どうする気だ)

試合を観戦しながら、俺は思う。

(二回戦が終わる頃には、二百十組いたチームも六組に絞られる。……これ以上、配下が

負けるのは痛手なはずだ）

Ａブロックの勝者は俺たちとミュアたちの二組。この中にウリエルの配下はいない。

Ｂブロックにはウリエルの配下が二チーム。しかしこの調子なら、勝ち残る二チームのうち、一つはクレナたちになるだろう。

Ｃブロックにいるクロウのチームが勝ち上がることを考えても、このままではウリエルの配下は最大で二チームしか準決勝に進めない。ここでクレナたちがウリエルの配下を二チームとも倒したら、いよいよ残るはクロウのチームのみとなる。

ウリエルはこの状況をどう見ているのか。

そう思った時……。

「……なんだ？」

妙《みょう》な気配を感じ、俺はフィールドから目を離した。

エディは何も感じていないようだ。不思議そうにこちらを見つめるエディを他所に、俺はこの歪《いびつ》な気配の出所を探《さぐ》る。

正面の立ち見席を凝視《ぎょうし》する。

立ち見席の一番後ろ……最も人目につきにくく、この会場を見下ろすことができるその位置に、黒い外套を羽織った男が佇んでいた。

風が吹《ふ》き、フードが外れて男の素顔《すがお》が露《あら》わになる。

短い茶髪《ちゃぱつ》に精悍《せいかん》な面構え。その鋭《するど》い眦《まなじり》は、目に映るもの全てを敵として見ているかのような憎悪《ぞうお》に燃えていた。

「ウリエル……」

土の大天使ウリエル。

神族《しんぞく》への反乱を企てるその男は、一振《ひとふ》りの剣《けん》を持っていた。

ウリエルが鞘《さや》から剣を抜《ぬ》く。すると、翼を模した鋼の鍔《つば》が広がり、刀身が不思議な光を発した。

「――ッ⁉」

ウリエルが剣の鋒《ほこ》をフィールドに向けた瞬間、刀身の光がフィールドに降り注ぐ。

「こ、れは……まさか……っ⁉」

エディも異変に気づき、目を見開いた。

「ぐ、ぅ……」

「う、あぁ……ッ」

フィールドにいるウリエルの配下たちが、呻《うめ》き声《ごえ》を漏《も》らす。

その白い翼と、頭上の光る輪が、ビキビキと音を立てて膨張《ぼうちょう》した。同時に、彼《かれ》らの格が

一気に跳《は》ね上がる。

この現象に、俺《おれ》たちは心当たりがあった。

「『天翼の剣』か……ッ」

天使族の能力を大幅《おおはば》にする特種兵装。

まさか、大会中に使ってくるとは――。

「ッ⁉　クレナ、注意して！」

フィールドにいる選手たちも異変に気づいたのか、警戒心《けいかいしん》を露わにした。

アイナがクレナに注意を促《うなが》す。しかし次の瞬間、今までとは比にならないほど巨大《きょだい》な光の杭《くい》が、クレナとアイナに放たれた。

「く――っ⁉」

俊敏《しゅんびん》なアイナは辛うじて避《さ》けたが、クレナは右足に怪我《けが》を負ってしまう。

次々と他のチームが脱落していく中、アイナは意を決したように呼吸を整えた。

「――『完全獣化』」

アイナの身体が、巨大な虎《とら》へと変貌《へんぼう》する。

獣人の中でも一部の者にしか使えない技だ。あれを使ったアイナは凄まじい力を手にすることができるが……それでも、ウリエルの配下たちは猛攻を続ける。

光の枷《かせ》が、虎と化したアイナの身動きを封《ふう》じた。

アイナはすぐに暴れて枷を破壊する。

その隙《すき》に、クレナは『血舞踏《ブラッディ・アーツ》』で天使を攻撃した。アイナもすぐに、クレナが攻撃した天使のパートナーを爪《つめ》で押し潰《つぶ》そうとした。

（一チームを集中的に倒すことにしたか……確かに、今はそうするしかない）

あの二人も、突然《とつぜん》強化された天使たちがウリエルの配下であると気づいている。理想は二チームともここで脱落《だつらく》させることだが、今はそれどころではないと判断し、せめて一チームだけでも落とすという方針に切り替《か》えたようだ。

『試合　終了《しゅうりょう》――――ッ!!』

Bブロックの試合が終わる。

『降り注ぐ光の杭に、巨大な獣！　見応え抜群《ばつぐん》の試合でした！』

『派手な戦いでしたねぇ。しかし今年はどうも天使が強い気が……』

実況と解説、そして観客の興奮する様から察するに、事情を知らない人たちには、天使たちが突然強くなったというより力を隠《かく》し持っていたかのように見えたようだ。

だが、事情を知る俺たちのような者からすれば、今のは尋常《じんじょう》ではない光景である。

クレナとアイナは辛うじて勝ち残った。しかしその姿は満身創痍《まんしんそうい》だ。

控え室から歩いてくるクレナとアイナを見つけ、俺は思わず声をかける。

「クレナ。その足、大丈夫か？」

「歩くことはできるけど……ごめんね。準決勝までに、回復は間に合わないかも」

控え室で治療《ちりょう》したのだろう。クレナの右足には包帯が巻かれていたが、微かに血が滲《にじ》んでいた。クレナはこれからアイナと共に医療室《いりょうしつ》へ向かうようだ。

（ただの天使が、『完全獣化』したアイナと同じ強さになるなんて……）

今の光景を目《ま》の当たりにして、俺はウリエルの計画の全貌《ぜんぼう》を理解することができた。

特種兵装『天翼の剣』によって強化された天使たちを、『神伝駒《しんでんく》』で自在に操《あやつ》ることができれば……天界どころではない。この世界を自由に支配できる力が手に入る。

ウリエルは、最強の軍を作ろうとしているのだ。

俺は今、その恐《おそ》ろしい未来を垣間見《かいまみ》たような気がした。

◆

ミカエルが宿泊《しゅくはく》する宿にて。

「『天翼の剣』を試合中に使うということは、ウリエルもいよいよ後がなくなってきている証拠《しょうこ》なのです。つまり、私たちが優勢なのですよ！」

事の経緯《けいい》を聞いたミカエルは、弱気にならなかった。

言われてみれば、そうとも考えられる。だが警戒《けいかい》は今まで以上にするべきだろう。追い込まれた者が過激な手に出るというのは珍《めずら》しいことではない。

「しかしこうなると、『神伝駒』の存在を秘匿《ひとく》するためにグランセル杯をできるだけ正常に進めるという前提が崩れてきたのです。『天翼の剣』が使用されたことで、勘《かん》のいい人たちは私たち天使族の目的に気づいちゃったのかもしれないのですよ……」

ミカエルの言う通りだ。観客や実況、解説は『天翼の剣』の効果に気づいていない様子だったが、一部の者は違和《いわ》感《かん》を覚えたかもしれない。

大会を勝ち進めばいいという話ではなくなりつつある。

「というわけで、ケイルさんたちには、緊急《きんきゅう》ミッションをお願いしたいのですよ！」

「……緊急ミッション？」

「はいです！　グランセル杯の優勝賞品である『神伝駒』……表向きにはただの宝冠《ほうかん》とされているこの道具が、今、どういった状況《じょうきょう》にあるのかを確認《かくにん》して欲《ほ》しいのです」

それは、どういう意図があるのだろう？

不思議そうにする俺に、ミカエルは続けて説明した。

「ここから先は、ウリエルが強硬手段《きようこう》に出ることも警戒していくのですよ。特に最も気をつけなくちゃいけないのが、『神伝駒』の強奪《ごうだつ》なのです。お二人とも疲れていると思いますが、できれば今すぐに警備状態を確認してきて欲しいのですよ」

申し訳なさそうにミカエルは言う。だが事態は一刻を争うかもしれない。

もしウリエルが現時点で『神伝駒』の強奪を目論《もくろ》んでいるなら、これから俺たちは『神伝駒』の近くで鉢合《はちあ》わせになる可能性がある。

そうなれば、天使族の争いは——最短で今日で決着がつく。

「分かった。すぐに向かおう」

気を引き締めなければならない。俺とエディは真剣《しんけん》な表情で頷いた。

◆

「大会中、宝冠は展示室に保管されているみたいだね」

グランセル杯のパンフレットを読んでいたエディが言う。

「普通《ふつう》に、人目のつく場所に置いているんだな」

「まあ、何も知らない人たちにとってはただの優勝賞品だからね。……取《と》り敢《あ》えず見に行ってみようか」

俺は頷いて、その展示室へと向かった。

展示室は会場にあるらしい。客席から少し離れた位置……運営本部がある辺りだ。この辺りは客席の賑《にぎ》やかな空気が届かず、落ち着いた雰囲気が保たれている。

展示室は入場料などもなく、自由に出入りできる。

俺とエディは周囲を警戒しながら、長い廊下を歩いた。

「おい、あれ……ノウン選手だ」

「エディ選手もいるぞ……」

ただ歩いているだけでも、俺たちは色んな人から視線を注がれた。

(次は準決勝だもんな……流石《さすが》に注目されるか)

準決勝に勝ち進んだのは、全部で六チーム。ここまでくれば各チームの個性も評価されるようになる。

「これだけ人がいるなら、少なくとも日中に強硬手段に出ることはなさそうだな」

「そうだね。ウリエルも迂闊《うかつ》に行動できないと思う」

神妙な面持ちでエディは告げる。

そんなエディの言葉に、俺はふと疑問を抱《いだ》いた。

そもそもミカエルやウリエルのような大天使とは何なのだろうか。

「エディ。大天使って、普通の天使とどう違うんだ？」

「大天使は、通常の天使の中から極稀《ごくまれ》に現れる、火や水といった属性の力を操れる天使たちのことなんだ。大天使が使う光はそれぞれ光炎《こうえん》、光水《こうすい》、光土《こうど》、光風《こうふう》と呼ばれていて、通常の天使が使う浄化の光と比べて遥《はる》かに強力なんだよ」

へぇ、と俺は相槌《あいづち》を打つ。

「……通常の天使の中から現れるというのは、ある日突然、属性の力を操れることが発覚して、大天使に任命されるということか？」

「うん。ミカエル様も、光炎を使えると発覚するまでは普通の身分だったらしいよ」

人間の能力で例えるなら、覚醒系のようなものだ。

ある日、唐突《とうとつ》に能力が効果を発揮し、特定の技能を極めた状態になる。するとそれまでの境遇が一変して、場合によっては平民が爵位《しゃくい》を貰《もら》うほど成り上がることもある。

「でも……ウリエルだけは、そうじゃなかったらしい」

エディは真剣な声音《こわね》で言った。

「あくまでミカエル様から聞いた話だけどね。ウリエルは生まれた頃《ころ》から、天使族の中でも特別扱《あつか》いされていたみたいなんだ。色んな偉《えら》い人たちがウリエルの世話をしていて、皆《みな》不思議に思っていたらしい。しばらくしたら、ウリエルが光土を操れる大天使だと発覚して、今では名実ともに敬われているみたいだけど……」

「……それは、ちょっと違和感があるな」

ウリエルだけは、大天使になる前から特別視されていたらしい。

それは――生まれが特殊ということか。

「っと、ここが展示室だね」

話を中断して、エディが立ち止まる。

展示室は人で賑わっていた。

入り口の近くに、二人の男が武装して立っていた。

「あの二人は……天明旅団《てんめいりょだん》のアルベルト＝レイスと、ベイル＝シュライダーだね。どちらも凄腕《すごうで》だよ。剣姫の次に強い人と言えば、大体あの二人が挙がるくらいだ」

「……そんなに凄い人たちが警備しているなら、安心か」

ウリエルといえど、この警備を掻《か》い潜《くぐ》るのは困難だろう。

仮に宝冠を盗《ぬす》めたとして、それを無事に持ち帰るのは極めて難しいはずだ。ここは王都のど真ん中。展示室の外にも無数の人目がある。

「宝冠は……あれだな」

目当てのものは、一番目立つ位置に飾《かざ》られていた。

ガラスケースの向こう側に、銀色の冠《かんむり》が置いてある。宝冠というからてっきり沢山《たくさん》の宝石がちりばめられているのかと思ったが、想像よりはシンプルで、品のある造形をしていた。しかし目を凝《こ》らせば、内側に繊細《せんさい》な模様が刻まれていることが分かる。芸術に詳《くわ》しくない俺でもつい見とれてしまうような、奥深《おくぶか》い美しさがあった。

「これが……」

これが『神伝駒』か……そう呟《つぶや》こうとして、咄嗟に口を塞《ふさ》いだ。

「ケイル。見て、この説明文」

エディが、ガラスケースの前に設置されたパネルを指さす。

「この宝冠……ウェンディッタ公爵《こうしゃく》家が贔屓《ひいき》にしている宝石職人が、丹精込《たんせいこ》めて造った逸《いっ》品《ぴん》ということになってるよ」

「……事実を知っている側からすると、中々複雑だな」

これは神族が生み出し、天界で保管されていたものだ。説明文は真っ赤な嘘《うそ》である。

ある意味、神族も職人かもしれないが……。

「でも、本当に綺麗《きれい》だね。……僕ならずっと大切に保管するよ」

エディがうっとりした目で宝冠を眺めた。

「……ラグーサ公爵は、なんでこの宝冠を優勝賞品に提供したんだろうな」

降って湧いた疑問を俺は口にする。

「今更《いまさら》だけど、普通、出所不明のものを優勝賞品に提供なんてしないんじゃないか？」

「それは……確かにそうだね」

ラグーサ公爵にとってこの宝冠は未知のものであるはずだ。自分の所有物として主張するだけならまだ欲深い性分《しょうぶん》の一言で片付くが、それを優勝賞品に提供するのは少々迂闊な気がする。流通経路などを調べられるとは思わなかったのだろうか。

「それに、ミカエルはグランセル杯《はい》が始まる前にラグーサ公爵と交渉《こうしょう》したらしいが、強情《ごうじょう》な態度を取られたと言っていた。……なんでそこまで惜《お》しかったものを、優勝賞品に提供することにしたんだろうな」

「言われてみれば……不自然な点が多いね」

エディが顎《あご》に指を添《そ》えて、難しい顔をした。

その時、展示室の奥《おく》にある扉《とびら》が開き、正装をした人たちが出てきた。

「ラグーサ公爵、本日はもうお帰りで？」

「うむ。やはりグランセル杯は華《はな》やかでいいな。明日も同じ時間に迎えを寄越《よこ》してくれ」

「畏《かしこ》まりました」

接待を受けている男は、煌《きら》びやかな服装をしている小太りの男性だった。

(あの人が……宝冠を提供したというラグーサ公爵か)

どうやら展示室の奥に、関係者しか入れない特殊なスペースがあるようだ。宝冠を提供した者として、ラグーサ公爵は特別待遇《たいぐう》にされているらしい。

「エディ。ちょっと、本人に聞いてみないか?」

「……そうだね。気掛《きが》かりは少しでも減らしておきたいし。……でも、怪《あや》しまれないよう慎重《しんちょう》に聞く必要があるよ」

エディの言う通りだ。下手に怪しまれると、それこそ本末転倒《ほんまつてんとう》である。俺たちの行いが切っ掛けになって、あの宝冠には何かがあると勘ぐられることだけは避けたい。

「ちょっと、考えがあるんだが……」

思いついたことをエディに伝える。

「……分かった。それでやってみよう」

しばらく考えてから、エディは頷《うなず》いた。

俺たちは互《たが》いに目を合わせ、頷いてから動き出す。

「ラグーサ公爵、ですよね?」

まずは俺の方からラグーサ公爵へ声をかけた。

「如何《いか》にも。そういう貴様らは……ふむ、グランセル杯に出ていたな」

「覚えていただきありがとうございます。……少し内密にお話ししたいことがあるんですが、いいでしょうか？」

「内密な話？　……まあいいだろう」

ラグーサ公爵は純粋《じゅんすい》にグランセル杯を楽しんでいるらしい。俺たちはその選手として勝ち進んでいるからか、いきなり話しかけてもそう嫌《いや》な顔はしなかった。

内密な話といっても、遠くへ連れ出せば流石に怪しまれる。俺たちは展示室の端《はし》にある歓談《かんだん》できるスペースに人がいないことを確認すると、ラグーサ公爵をそちらへ連れて行った。接待役の人たちは話が聞こえない位置で待機してもらう。

「単刀直入に訊きます。あの宝冠は、どこで手に入れたものなんですか？」

「ん？　そ、それは……我《わ》が領土だ。贔屓にしている職人に造らせたのだよ」

ラグーサ公爵はあからさまに困った様子を見せた。

勿論《もちろん》、俺たちはそれが嘘だと知っている。

俺はエディに軽く目配せした。

ここからはエディの出番だ。

「実は僕、神族に関する研究をしていまして……あの宝冠に、神族の技術が使われているのではないかと考えています」

「なんだと……？」

「職人が造ったというのは……嘘ですよね？」

「……な、何を訳の分からないことを……」

目を泳がせるラグーサ公爵に、エディは畳《たた》みかける。

「裏側にある意匠《いしょう》、あれはとても人の技術では造れないものです。しかし神族の遺跡《いせき》には似たような模様が刻まれていることがあって――」

「も、もういい！　私は忙《いそが》しいのだ！　これ以上くだらない話に付き合う暇《ひま》はない！」

ラグーサ公爵は立ち上がり、すぐにこの場を去ろうとした。

ちょっと強気に出てみるか……。

「ラグーサ公爵。俺たちは天明旅団の一員なんですが……もしあの宝冠に何か危険なものがありそうなら、ギルドに報告しますよ？」

「なっ⁉　き、貴様……ッ‼　脅《おど》すというのか、この私を……ッ‼」

「脅すつもりはありませんが、その反応は、後ろめたい事情があるということですか？」

「ぬぐ……っ‼」

屈辱《くつじょく》を感じ、顔を赤く染めるラグーサ公爵に、エディが慎重に話しかける。

「ラグーサ公爵。……ここだけの話、僕も自分の研究を横取りされるのは嫌なので、もしそれが神族絡《がら》みのことならこの件は内密にします。ギルドにも報告しません。だから本当のことを教えてくれないでしょうか？」

ラグーサ公爵の顔色が変わった。

軽い脅迫《きょうはく》と同時に、それを免《まぬが》れる逃《に》げ道《みち》を用意する。あとはラグーサ公爵が上手く乗ってくれたらいいが……。

「ぐ、ぬぅぅ………分かった、正直に話そう……」

俺とエディは目を合わせ、上手くいったことを内心で喜んだ。

「実は……その宝冠は、曰《いわ》く付きなのだ」

曰く付き？　と首を傾《かし》げる俺たちに、ラグーサ公爵は説明する。

「元々あの宝冠は、ある冒険者《ぼうけんしゃ》が持っていたものだ。その冒険者はあの宝冠を偶然道端《ぐうぜんみちばた》で拾ったと言っていたが、見ての通りただの骨董品《こっとうひん》にしては素晴《すば》らしい造形をしている。私はあれに一目《ひとめ》惚《ぼ》れして高値で買い取ったのだ。以来、宝冠は寝室《しんしつ》に飾っていた」

相槌を打つ俺たちに、ラグーサ公爵は続ける。

「しかしそれから妙なものを見たり聞いたりするようになってな。夜な夜な宝冠が怪しく光りだしたり、奇妙《きみょう》な声が聞こえたりして……寒気が止まらなくなったのだ。……か、鑑《かん》定士《ていし》に調べてもらっても、特に異常は見当たらなかった！　だがそれからも宝冠からは恐ろしい何かを感じる。あれを飾ってからは悪夢ばかり見るし、身体も痩《や》せ細《ほそ》っていくし、不気味で仕方ない……っ！　だ、だから私は、あれを手放すことにしたのだ！」

青褪《あおざ》めた顔で、ラグーサ公爵は語る。

「ちょっと、待ってくださいね」

俺とエディは一度席を外し、二人でこっそり会話する。

「ケイル……これ、どう思う？」

「あの様子で嘘を言っているとは思えないが……強力な特種兵装らしいし、今言ったこともあるような……ないような……」

なにせ伝説の種族と呼ばれる神族が創造した、特種兵装である。

人智《じんち》の及《およ》ばない現象が起きたって不思議ではない。

（取り敢えず……ウリエルと結託しているとか、そういうことではなさそうだな）

俺たちは一先《ひとま》ず納得《なっとく》することにして、ラグーサ公爵のもとへ戻った。

「ええと、お話ありがとうございます。非常に、その……参考になりました」

「そ、そうか。……貴様、エディだったか？　私は、その……何かこう、呪《のろ》われているようなことはないだろうな？」

「大丈夫だと思います……多分」

エディが複雑な顔で答える。

ちょっとだけラグーサ公爵のことが可哀想《かわいそう》に見えてきた。

「しかし、そうか……神族の技術か。どうりで回収班が探ってきたわけだ」

ラグーサ公爵が小さな声で呟く。

その呟きに、聞き慣れない単語が含《ふく》まれていた。

「回収班？」

「……いや、なんでもない。どのみちあんな気味の悪いものはもういらん」

ラグーサ公爵は誤魔化《ごまか》すように目を逸《そ》らした。

とにかく、俺たちの目的は滞《とどこお》りなく完了《かんりょう》した。ラグーサ公爵と別れた俺たちは、そのまま展示室を出てミカエルが拠点《きょてん》としている宿へ戻る。

「宝冠の警備は思ったより厳重だったな」

「うん。あれを強行突破《とっぱ》するのは、ウリエルでも難しいはずだ」

そう告げるエディの動きは、どこか不自然だった。

今まで気づかなかったが、よく見れば胸のあたりが苦しそうだ。

「エディ。もしかして怪我をしているのか？」

「え？　……あはは、ごめん。ちょっとだけね」

どうやら二回戦の試合で怪我を負っていたらしい。ライナーとの戦いに集中していたせいで、エディの状態を確認できていなかった。

「調子が悪いなら言ってくれ。警備の確認も俺だけでもよかったんだぞ？」

「そういうわけにはいかないよ。僕だってウリエルの野望は阻止《そし》したいんだから」

責任感が強い性格だ。

「傷、どのあたりだ？」

「えーっと……このあたりかな」

エディは右胸の下を軽く触《ふ》れて言う。

「ちょっと見せてみろ」

「うん。今、見せ――――えっ⁉」

「伊達《だて》に落ちこぼれと呼ばれていたわけじゃないからな。怪我を沢山してきたから、応急処置は得意なんだ」

能力に目覚める前の俺は、実習がある度《たび》に怪我を負っていたため、家に帰って治療するのが当然のようになっていた。

怪我の状態を確認して、まずは治療道具を揃《そろ》えるべきだ。

そう思ったが――。

「い、いいよ、このくらい！」

エディは妙に慌《あわ》てた様子で首を横に振《ふ》った。

「ケイル、その……ちょっと、お遣《つか》いを頼んでもいいかな⁉」

宿に着く直前、エディが言う。

「傷薬を買って来て欲しいんだ。その、なんでもいいから！」

「あ、ああ。分かった」

どうもエディの様子がおかしい気がする。

俺は首を傾げながら、近くの薬屋へ向かった。

◇

「ミカエル様。ただ今戻りまし……あれ？　いない」

ミカエルの部屋に入ったエディは、そこにミカエルがいないことに気づいた。

食事か、買い物でもしているのだろうか。一人で行動している間にウリエルの配下たちに襲《おそ》われないか不安だが、ミカエルもあれで大天使である。ウリエル本人が現れるなら分からないが、その配下如《ごと》きに負けることはない。

「……ふぅ」

エディは誰《だれ》もいない部屋で静かに吐息《といき》を零《こぼ》した。

「まったく……ケイルには焦《あせ》らされるよ」

ベッドに腰掛《こしか》け、エディは服を脱《ぬ》いだ。

「怪我もそうだけど……どっちかっていうと、こっちの方がキツいなぁ」

そう呟きながら、エディは胸に巻いているサラシを解いた。

取り外したサラシを綺麗に折り畳み、膝《ひざ》の上に置く。しかしそこで、ふとエディはおもむろにサラシを持ち上げ、鼻を近づけた。

「………汗臭《あせくさ》く、ないよね？」

念のため服の方も鼻に近づける。

大丈夫だとは思うが、一度気になると不安になってしまう。

「どうしよう……ケイルが帰ってくる前に、お風呂《ふろ》に入った方がいいかなぁ」

しかし買い物に向かわせておいて、自分だけ風呂に入るというのも罪悪感に駆《か》られる。

「せめて、軽く身体を拭《ふ》いておこうかな……」

エディは下着姿になって、タオルを探した。

その直後――部屋のドアが開く。

「エディ。訊き忘れていたが、傷薬は一つだけで…………」

買い物に行ったはずのケイルが、何故かそこにいた。

ケイルは、部屋の中心にいるエディを見て――硬直《こうちょく》する。

美しい金髪《きんぱつ》に女顔。男とは思えないような華奢《きゃしゃ》な体躯《たいく》に白い肌《はだ》。そして――妙に可愛《かわい》らしい下着と、柔《やわ》らかそうな胸の膨らみ。

「…………エ、ディ？」

目の前の現実に思考が追いつかず、ケイルは呆然《ぼうぜん》としていた。

そんなケイルに、エディは顔を真っ赤に染め、

「ひぃぁあぁあぁぁぁああぁぁぁぁああぁぁ――――ッッ!?」

可愛らしい悲鳴を上げた。

◆

お互い落ち着いた頃。

「……その、悪い。いきなり部屋に入って」

「う、ううん。隠していたのは、僕《ぼく》の方だし……こっちこそ、ごめん……」

俺たちは互いに頭を下げた。

しばらく無言の時が続く。

正直、頭はまだ混乱していた。先程《さきほど》から俺は冷静になったフリをしているだけだ。エディは女だった——だとすると、何故今まで男だと偽《いつわ》ってきたのか。

「……今度こそ、全部話すよ」

エディは、小さな声で言った。

どこか決意したような表情で、エディは語り出す。

「以前、僕は孤児院《こじいん》でミカエルに引き取られた後、主にウリエルの潜伏《せんぷく》先の調査を行っていたと説明したよね？」

俺は「ああ」と頷く。

「ごめん、ケイル。その説明は一部が嘘なんだ。……僕の本当の任務は、君の監視《かんし》だよ」

「……監視？」

「これはまだ、僕がヘイリア学園に入る前の話だ。……ウリエルは今も昔も人間社会に巧《こう》妙《みょう》に潜伏していた。だからミカエル様は、人間社会を自由に動き回れる、人間の味方が欲しかった。そこでミカエル様は、僕以外にも色んな味方を作ろうとしたんだ」

訥々《とつとつ》と、エディは語る。

「その第一候補は、君の妹……ミュアちゃんだった」

「ミュア……？」

「うん。でもミカエル様は、すぐに彼女《かのじょ》は制御《せいぎょ》できないと判断した。そこでミカエル様が次に注目したのが……君だった」

衝撃《しょうげき》の事実だった。

思わず目を見開いた俺は、疑問を口にする。

「それは……今回のことじゃないんだよな？」

「うん。ミカエル様は、ずっと前から君に注目していたんだよ」

エディは視線を下げて語り続ける。

何故か、目を合わせてくれない。

「ミカエル様は、君のことをずっと観察していた。……剣姫《けんき》の兄というのだから、きっと何かあるはず。そう思っていた」

「なら……期待外れだっただろうな」

「いや、そんなことはなかった」

エディは即座《そくざ》に否定する。

「ミカエル様は君の中に眠《ねむ》る、大きな力の存在に気づいたんだ。……多分、亜人《あじん》の中でも王と呼ばれるほどの人たちなら、最初から君の力に気づくんじゃないかな」

亜人の王なら、最初から気づく。……可能性はある。しかし亜人の王と対面する機会なんてそう多くないので、詳細《しょうさい》は分からない。

「でも、君がまだその力に覚醒《かくせい》していないことも気づいていた。だからミカエル様は、僕に君を監視するよう命じたんだ」

「じゃあ……エディは最初から、ミカエルの命令で俺に近づいていたのか？」

「……そういうことになるね」

罪悪感の込《こ》められた声でエディは肯定《こうてい》した。

「性別を偽っていたのは、君と同性の方が監視しやすかったからだ。人間のフリをしていたのも、同じ理由だよ。……僕は、今までずっと君のことを騙《だま》してきたんだ」

エディが、ずっと目を合わせない理由が分かった。

「軽蔑《けいべつ》したよね？　……ごめんね。今まで、言えなくて……」

顔を伏《ふ》せ、きゅっと拳《こぶし》を握《にぎ》るエディは、身体を僅《わず》かに震《ふる》わせていた。

エディはずっと俺のことを騙していた。全ては俺を監視するためだった。

けれど、多分それはきっと、俺を傷つけるためではない。

でなければ、こんなに思《おも》い詰《つ》めることはないはずだ。エディが、騙すことに一切抵抗《いっさいていこう》を感じないような性格なら、ここまで震えることもない。

頭の中は今も混乱していた。しかし、今までのエディを思い出すと少しずつ俺は冷静になることができた。

俺は、エディがどういう人物であるかを、ちゃんと理解している。

「……切《き》っ掛《か》けは、ミカエルの命令だったかもしれない」

顔を伏せるエディに、俺は言う。

「でも、エディは……学園で虐《しいた》げられていた俺を、いつも心配してくれた。何かあれば力になると言ってくれた。……それは、監視とは関係のないことだ」

俺は、エディが優《やさ》しいことを知っている。

「軽蔑なんてするわけがない。俺は今までエディのおかげで何度も救われてきた。……だからミカエルにも感謝している。俺はエディと出会えてよかった」

正直に伝えると、エディはようやく俺と目を合わせてくれた。

その瞳《ひとみ》からは、ポロポロと涙《なみだ》が零れている。

「ありがとう……ケイル、ありがとう……っ」

エディは零れ落ちる涙を何度も拭《ぬぐ》った。

青褪めていたその表情は、次第《しだい》に明るく、柔らかくなる。

長年背負っていた重荷を下ろすことができたエディの顔つきは——見惚《みと》れるほど美しかった。俺は今まで、こんなにも可愛らしい少女のことを男だと思っていたのか……我ながら見る目がないなと自嘲《じちょう》する。

「僕の本名は、ソフィだ。……でも、できればこれからもエディと呼んでほしい」

涙が収ってきたところで、エディが言う。

「今までの友情をなかったことにしたくない。だから君には、そう呼ばれたいんだ」

その言葉を聞いて、俺は笑《え》みを浮《う》かべた。

「これからも、よろしくな。エディ」

「……うん！」

◆

エディと別れて、家へ帰る途中《とちゅう》。

「あの、ノウンさんですよね？」

暗くなった街を歩いていると、見知らぬ少女から声をかけられた。

ゆったりとした服を着た少女だった。彼女はどこか緊張《きんちょう》した面持《おもも》ちで俺《おれ》を見る。

「えっと、私……グランセル杯で、貴方《あなた》のことを知って……その、ファンなんです！　よければ少し、お話とかさせていただいてもいいでしょうかっ⁉」

暗がりの中でも、少女が顔を赤く染めているのが分かった。

しかし、俺はイマイチ少女の好意を素直《すなお》に受け取れずにいた。

「話って……こんな時間にか？」

「す、すみません、迷惑《めいわく》ですよね。……あの、オススメのお店があるんです！　お時間はあまり取らせませんので、少しだけ……駄目《だめ》でしょうか？」

少女は上目遣《うわめづか》いで俺を見つめた。

（ちょっと、怪しいな……）

そもそも俺にファンがいること自体怪しい――というのは置いておくとして。立ち話をするだけではなく場所を変えたがっているところが不自然に見えた。

ここは人通りの少ない道だ。

辺りに俺たち以外の人影《ひとかげ》はないが、一本隣《となり》の道には飲食店などが並んでいるため人も多い。少女はそちらとは真逆の方向……より人が少ない方へ俺を誘導《ゆうどう》しようとしていた。

ただのファンにしては距離《きょり》感の詰め方《かた》も強引《ごういん》である。

どう反応すればいいか、困っていると――。

「――え」

少女は背中から、光の杭《くい》に串刺《くしざ》しにされた。

「あ、う……っ⁉」

ジュウッ、と音を立てて少女の全身から煙《けむり》が出る。

「怪しい相手には、取り敢えずこうすればいいのですよ？」

「……ミカエル」

愕然《がくぜん》としていると、少女の背後からミカエルが姿を現した。

ミカエルは、普段《ふだん》通りに屈託《くったく》のない子供らしい様子で、少女の身体に《光杭《パイル》》を刺《さ》していた。しばらくすると、少女が地面に倒《たお》れる。

「浄化《じょうか》の力が反応したところから察するに、この子はウリエルの配下だったみたいなのです。……近くに私の部下が待機していますから、あとで拘束《こうそく》させるのですよ」

嫌な予感は的中していた。この少女はウリエルの配下だったらしい。

「ミカエル、今まで何処《どこ》に行ってたんだ？」

「ちょっと前に帰ってましたよ？　でも空気を読んで部屋には入らなかったのです！」

「……悪い」

どうやら気を使ってくれたようだ。

しかし俺はミカエルに、感謝よりも畏怖《いふ》を抱いた。

見た目は子供だが、やはりこの少女も四大天使の一人。数多《あまた》の天使たちを率いる存在なのだ。彼女からは歴戦の猛者《もさ》のような、強靱《きょうじん》な覚悟《かくご》のようなものを感じる。

「ケイルさん」

ミカエルは、改まった様子で俺の名を口にした。

「私が言えることではありませんが……できればソフィを救ってあげて欲しいのです」

救って……？

怪訝《けげん》に思う俺に、ミカエルは問いかける。

「ソフィは、いつから私の部下になったのか知っていますか？」

「それは……孤児院を出てからだよな？」

「はいです。孤児院を出た、六歳《さい》の頃からなのですよ」

ミカエルは首を縦に振った。

「ソフィは幼い頃からずっと私の部下として働き続けてきたのです。……文字通り、ずっ、となのですよ。ソフィはもう十年以上、平和を満喫《まんきつ》していないのです」

「十年……っ」

はっきりと数字を述べられて、俺は目を見開いた。

まだ二十歳《はたち》にも満たない俺たちにとって、十年という期間は膨大《ぼうだい》だ。

「勿論、その十年間は常に戦い続けたわけではないのですよ。でも、ソフィには居場所がなかったのです。……浄化の力を上手《うま》く使えないソフィは、天使にとっても忌避《きひ》すべき存在なのです。武力特化と言えば頼《たよ》りになりそうな感じですが、天使たちの価値観で言うなら、それは野蛮と言えてしまうのですよ。……だからソフィは、私の部下の中でも浮いていました」

「……でも、学園にいる時のエディは楽しそうに見えたぞ」

「名前も性別も偽って、本当に心の底から楽しめると思うのです？」

その問いに、俺は口を噤《つぐ》んだ。

「ソフィを救いたいなら、ウリエルの野望を阻止するしかないのです。……ここでウリエルを止められなかったら、私は引き続きソフィを兵士として利用します。『神伝駒』は天使の存続を左右する特種兵装……個人の感情を汲《く》む余裕《よゆう》なんてないのです」

ミカエルの発言は冷たく聞こえるが、それはどこか意図的にも感じた。

エディを利用していることに言い訳をしたくないのだろう。罪悪感があるからこそ必要以上に全てを打ち明けようとしている。

「じゃあ、今回でウリエルを止めれば……エディは解放されるのか？」

「はいです。約束するのですよ」

ミカエルは神妙《しんみょう》な面持ちで頷いた。

「ソフィには嫌な役割を与《あた》えちゃったのです。……この罪滅《つみほろ》ぼしのためなら、私はなんでもする覚悟なのですよ」

罪悪感に塗《まみ》れた表情でミカエルは言った。

勘違《かんちが》いしてはならない。ミカエルもまた、平和のために戦っているのだ。エディが自由とは程遠《ほどとお》い日々を送っているのは、ミカエルのせいではない。

「……要は、俺たちがグランセル杯で優勝して、『神伝駒』を守ればいいわけだ」

元凶《げんきょう》がはっきりしているなら……俺のやるべきことは一つだけだ。

「ウリエルの野望は、絶対に阻止してみせる」

第四章　黒い天使

翌朝。

目を覚まし、リビングに向かうと、玄関先《げんかんさき》にいるミュアと目が合った。

「兄さん！　おはようございます！」

「おはよう。……ミュア、もう出るのか？」

「はい。試合まで時間がありますので、ちょっとだけギルドの依頼《いらい》をこなしてきます」

そんなに時間はないはずだが、ミュアならその僅かな時間でも依頼の一つや二つ、こなせそうだ。相変わらずパワフルな妹である。

「ミュア。その……試合、頑張《がんば》れよ」

「はい！　兄さんも頑張ってくださいね！」

「ああ。………………えっ」

顔が引き攣《つ》るのを自覚した。

まさか……俺が試合に出ているのがバレたのか？

「最近、疲《つか》れているように見えますから」

思考停止する俺に、ミュアが優しく言った。

よかった……俺の行動はバレていないらしい。

(俺も、ミカエルに眷属《けんぞく》化してもらわないとな……)

ミュアが家を出てしばらくしてから、俺もミカエルが泊《と》まる宿へ向かった。俺は正眷属ではなく準眷属なので、定期的にミカエルに眷属化してもらわなくてはならない。

今まで通りの時間にミカエルのもとを訪ねる。ドアをノックし「は～いなのです！」という明るい返事が聞こえてから、ドアノブを捻《ひね》った。

「あれ？　ケイルさん、もう来たのですか？」

「もうって……いつもこの時間だろ？」

「今日の試合は午後からなのですよ～？」

そう言ってミカエルは、一般《いっぱん》に配布されているグランセル杯のパンフレットを俺に見せた。予定表には……確かに、準決勝は午後から開始と書いてある。

「……そうか。もう準決勝で試合の回数も少ないから、時間に余裕があるのか」

予選は一日に七ブロック分の試合をしていたが、今日の準決勝は二ブロックしかない。

「時間はまだありますが、眷属化しておくのです？」

「……そうだな。頼《たの》む」

これも【素質系・王】の能力によるものなのかは分からないが、俺は眷属化された状態の維持《いじ》をある程度コントロールできるようになっていた。今、眷属化してもらっても、今日中に自然と眷属化が解除されることはないだろう。

ミカエルの正面に跪《ひざまず》き、降ってきた羽を拾う。

「折角《せっかく》ですし、今日くらいはのんびりと会場へ行ってみるのはどうなのです？」

無事に天使の眷属になった俺に、ミカエルが言った。

「どういう意味だ？」

「グランセル杯のおかげで、王都は今、賑《にぎ》わっているのです。今まで楽しむ余裕がなかった分、少しくらいは息を抜《ぬ》いてもいいのですよ？」

そう言えばグランセル杯の会場付近は出店で賑わっていた。

ウリエルの野望を阻止することで頭がいっぱいだったが、よく考えたらグランセル杯は一年に一度の祭典である。何も楽しまないのは、少し勿体《もったい》ないかもしれない。

「まあ、片道だけだし……ちょっとくらいはいいか」

「では、ケイルさんは先に外に出ていて欲《ほ》しいのです！　ソフィもそろそろ来ると思いますので、後で向かわせるのですよ！」

「来るって……ここにか？　じゃあ一緒《いっしょ》に行けばいいじゃないか」

そう言うと、ミカエルは溜息《ためいき》を吐《つ》いた。

「ケイルさん、さてはモテないのです？」

「なっ」

「女の子には色々準備がいるのですよ～」

よく分からないが、余計なことを言ってこれ以上馬鹿にされたくないので納得した。

宿の外に出て、グランセル杯の会場への道中にある広場でエディを待つ。

「ケイル」

しばらく待っていると、背後からエディの声が聞こえた。

「来たか。エ、ディ……」

振り返った俺は、声を失う。

「お、お待たせ。……その、どう……かな？」

エディは見慣れない姿をしていた。

上は清楚《せいそ》な白色のブラウスで、下は膝丈《ひざたけ》のスカート。普段の男装からは全く想像できないような可愛らしい服装に、俺は驚《おどろ》きのあまり硬直してしまった。

「に、似合ってる、ぞ……」

「そ、そっか。……えへへ、よかった」

エディは嬉《うれ》しそうにはにかんだ。

「ミカエル様が、折角だからと服を見繕《みつくろ》ってくれたんだ。……ここ最近、ずっと男の格好ばかりしてきたから、なんだか新鮮《しんせん》な気持ちだよ」

ミカエルの自慢《じまん》げな顔が頭に浮かぶ。

色々準備って、これのことか……。

「そ、それじゃあ、会場まで行こうか！」

「そう、だな」

お互い動揺《どうよう》しながら、歩き出した。

グランセル杯《はい》の会場へ繋《つな》がる大通りは、華やかな雰囲気《ふんいき》だった。左右には様々な露店《ろてん》が並び、食べ物の匂《にお》いや楽器の音が何処かから伝わってくる。

観光客も多いのだろう。見慣れない服装で歩く人々を見ていると、非日常的な空気を肌で感じることができた。

「忙しくて見物する余裕がなかったけど、こんなに賑わっていたんだね。……あ、見てケイル！　あっちで人形劇をやってるよ！」

「グランセル杯の内容を劇で再現しているのか。……面白《おもしろ》いな」

グランセル杯が切《き》っ掛《か》けで賑わっているため、店や見世物はグランセル杯に関したものが多い。選手として参加している俺たちからすると、中々誇《ほこ》らしい景色に見えた。

観光を続ける。

ふと、視界の片隅《かたすみ》に仮装用の衣装《いしょう》が売られている店を見つけた。

「これは…………」

並んでいる品々の中に、俺とエディが試合中に身に付けているものとそっくりな白い外《がい》套《とう》があった。フードがあるタイプなので、どちらかと言えば俺の外套だ。

「それが気になるのか？　その白い外套は、今グランセル杯を勝ち進んでいる白閃《はくせん》のノウン選手が羽織っているものだ」

「白閃の、ノウン……？」

「そう呼ばれてるんだよ。ノウン選手が白い閃光を放ったら、どんな敵でも膝から崩《くず》れ落ちるってな」

多分、一回戦で俺が使った浄化の力だ。

無名の選手として大会に参加したはずだが、まさかもうグッズ化されているとは思わなかった。他にもミュアやシャミー選手の仮装用の衣装が並んでいる。

「ケイル、買わないの？」

「いや、俺は持ってるし……」

「じゃあ僕は記念に買ってみようかな」

似たようなものを自分も既《すで》に持っているくせに、エディは外套を購入《こうにゅう》した。

というかこの外套、元々どこにでも売っていたものではないだろうか……？　俺が着ていただけで値段が上がったというのであれば、少しむず痒《がゆ》い気分だ。

それからも、俺たちは露店を適当に巡《めぐ》る。

「あっ！　ケイル、これ美味《おい》しいよ！」

エディがクレープを頬張《ほおば》って、満面の笑みを浮かべた。

フルーツが甘《あま》くて美味しい。歩きながら食べていると、エディの唇《くちびる》あたりに生クリームがついていることに気づいた。

「エディ。口にクリームがついてるぞ」

「え、どこ？」

「ここ……」

口で説明するのも面倒臭《めんどうくさ》いので拭ってやろうかと思い、俺はクレープ屋で貰《もら》った紙ナプキンをエディの顔に近づけた。

ふと、エディと目が合う。

そこで互《たが》いに、思った以上に顔が近いことに気づいた。

「……ごめん。不注意だった」

「い、いいよっ！　その……っ、続けて！」

続けてってなんだ。

「ゆっ……友人同士なら、ここは遠慮《えんりょ》しないいんじゃないの……？」

「いや、そんなことない気が……」

エディが顔を真っ赤に染めて、俺のことを見つめている。

俺は緊張しながら紙ナプキンでエディの口元を拭った。

小さな唇が指に触れて少し動揺する。

（今までの友情を、なかったことにするつもりはないが……今まで通りに見るのは、難しくなってきたな……）

どう考えても友人同士の距離感ではなかったが、それを指摘《してき》するのは野暮《やぼ》な気もした。

「……取れたぞ」

「あ、ありがとう……」

お互い気まずいまま歩き出す。

俺とエディの関係は、以前と比べて確実に変化していた。……しかし、居心地《いごこち》は全く悪くない。今まで築いた信頼《しんらい》関係はそのままだ。

「なんで俺は今まで、エディのことを男だと思っていたんだろうな」

「ふふん、それだけ僕の男装が完璧《かんぺき》だったのさ」

エディは得意気に胸を張った。

冷静に思い返すと、色々思い当たる節もある……。

エディは俺たち男子の前では絶対に着替《きが》えなかったし、トイレも別だった。実習で汗《あせ》だくになった日も、エディだけは頑《かたく》なに服を脱いでいなかった。

「でも、今思い返すと、初対面の時はまだ女性っぽかった気がするな」

「うーん……あの時はまだ僕も男装に慣れてなかったからね」

当時のことを思い出しながら、俺たちは語り合う。

「実習で、俺が絡《から》まれている時に助けてくれたのが切っ掛けだよな」

「うん」

互いの出会いを確認《かくにん》する。

俺が実習で面倒《めんどう》な生徒たちに絡まれていた時、エディが助けてくれたのだ。それを機に俺たちはよく一緒に行動するようになった。

「でも……あの時の僕には、ケイルと接触《せっしょく》するという使命があったから……」

純粋《じゅんすい》な意味で、助けたわけではないかもしれない。

自分は善意ではなく、打算でケイルを助けたのではないか……そんな不安が、今のエディの表情から汲み取れた。

無意味な不安だ。

「ミカエルの命令がなくても、エディなら助けてくれたと思うぞ。だって、俺と出会う前にも似たようなことをしてるだろ？」

そう言うと、エディは目を丸くして驚く。

「し、知ってたんだ」

「偶々《たまたま》な」

本当に偶々だった。

確か、エディと出会う二、三日前のことである。

その日、俺は実習中に嫌《いや》がらせを受けそうになったので、どうにか逃《に》げた。幸い簡単に追っ手をまくことができたが、その日はいつもと比べて嫌がらせが大人しいと感じた。

気になった俺がこっそり元《もと》の場所に戻ってみると、俺の代わりに他の生徒が嫌がらせを受けていた。……俺は学園でも特に有名な落ちこぼれだったが、周りと比べて実力が劣《おと》っている生徒は俺だけではない。嫌がらせの対象と成り得る生徒は他にもいるのだ。

どうにかしなければならない。けれど、当時の俺は自分の能力すら自覚しておらず、どうすればいいのか分からなかった。

一《いち》か八《ばち》か、玉砕覚悟《ぎょくさいかくご》で突《つ》っ込んでみるか……そんなふうに思った直後、俺の目の前で嫌がらせを受けている生徒を助けた人物がいた。

それがエディだった。

エディはどこからか颯爽《さっそう》と現れて、鮮《あざ》やかに嫌がらせを収束させた。

エディは今まで気づいていなかったが……俺がエディのことを初めて知ったのは、その時である。

あの日から俺は、ずっとエディのことを尊敬していた。

「ライオスと出会ったのは、そのすぐ後だったか？」

「そうだね」

エディが頷《うなず》く。

「ライオスは、いい奴《やつ》だよな」

「うん。ライオスも、困った人がいれば迷いなく助けに行くからね」

ライオスとの出会い方も、似たようなものだ。

二人とも正義感が強くて頼もしい。二人がいてくれたから、俺はあの過酷《かこく》な学園生活をなんとか凌《しの》げたと言っても過言ではない。

友に恵《めぐ》まれた。

つい、感慨《かんがい》に浸《ひた》っていると――。

「ケイル！　ケイルじゃねーか！」

こちらに向かって大きな声を発する男が、そこにいた。

がさつそうだが人当たりのいい笑みを浮かべる、短髪《たんぱつ》の男……ライオスだ。

「噂《うわさ》をすれば、だが……」

このタイミングで出会うのは、マズいかもしれない。

エディの方を見ると――。

「どどどどど、どうしよう……っ」

案の定、エディは分かりやすく混乱していた。

今のエディは完全に本来の性別の姿だ。ライオスがこの姿を見ると混乱するかもしれない。エディもまだ心の準備ができていない様子である。

「よお！　こんなところで会うなんて奇遇《きぐう》だな！」

俺たちの不安を他所に、ライオスはいつも通りの明るい声を掛けてきた。

こうなってしまった以上、無視するわけにはいかない……。

「……グランセル杯もそろそろ大詰《おおづ》めだからな。ここに来るのも当然だろ」

「それもそうか」

ライオスが納得《なっとく》する。

多分、ここには俺たち以外にも学園の生徒が集まっているだろう。グランセル杯が始まる前の、学園での盛り上がりを思い出す。

「ライオスは、その、妹の面倒を見るとか言ってなかったか？」

「昨日遊びすぎて寝不足《ねぶそく》になったから、今日はグランセル杯が始まる直前まで宿で寝《ね》るんだとよ。ったく、あんだけ早く寝ろって言ったのに……」

ライオスの世話焼きな一面が窺《うかが》える。

なんだかんだ、この男は面倒見《めんどうみ》がいいのだ。その性格に俺もよく助けられた。

「ところでケイル。……こちらのお嬢《じょう》さんは？」

ライオスがエディの方を見て言った。

どうやらエディだと気づいていないらしい。

これは……なんとかやり過ごせそうだ。

俺は頭の中で適当な嘘《うそ》を練り上げる。

「ええと、道に迷っていたみたいだから、案内してるんだ」

「そういうことか。デートの最中だったら一発殴《なぐ》って退散するところだったぜ」

殴るのは余計だが、退散するあたり気遣《きづか》いのできる男だ。

「お嬢さん。よければ俺も、同行してよろしいでしょうか？」

ライオスがまるで騎士《きし》のように、仰々《ぎょうぎょう》しく頭を下げて訊《き》いた。

エディは声でバレることを恐《おそ》れてか、俺の背中に隠《かく》れながら無言で頷く。

そんな、どこか可愛らしい小動物を彷彿《ほうふつ》とさせるようなエディの振《ふ》る舞《ま》いを見て……ライオスが目を見開き、俺に耳打ちしてきた。

「おい、ケイル……っ！」

「なんだよ」

「なんていうか……あの子、お淑《しと》やかで、いい感じの子だな……っ！」

「……そうだな」

普段は全然そんなことを思ってなかったくせに……。

しかしライオスの気持ちも分からなくはない。今のエディは本当に、これまでとは別人のような印象を受ける。

（奇《く》しくも、いつも通りの面子になったな……）

俺と、エディと、ライオス。

クレナとの出会いによって、俺の日々が激変する以前の……俺にとっては一番馴染《なじ》み深《ぶか》い居場所だった。

俺の能力が発露《はつろ》して、エディの正体が明らかになって……色んな変化はあったが、やっぱり俺はこの三人と一緒にいると心地《ここち》よいと感じる。

「ていうか、ケイル！　お前、エディがまだ勝ち残っていることを知ってるか⁉」

ライオスが興奮気味に訊いた。

俺は「勿論《もちろん》」と頷く。

「すげぇよな！　あいつ、あんなに強かったなんて……予選の時は、天使の眷属になっててびっくりしたけど、あんだけ戦えるなら納得だ」

俺もエディがあそこまで強いとは思っていなかった。

学園で過ごしている時は、あまり目立たないよう手加減していたのだろう。

「エディの奴、信頼できるパートナーを見つけたとは言ってたが、よくあんな凄ぇ人を見つけたよな。白閃のノウンだっけ……うちの妹もすっかりファンになってたぜ」

「そ、そうなのか」

「なんだよ、その気まずそうな反応。ケイルはあんまり好きじゃなかったか？」

「いや、そんなことはないが……」

「だよな。エディも勿論凄ぇが、あのノウンって選手はなんていうか、次元が違《ちが》う感じがしたぜ。やっぱ男ならああいう強さに憧《あこが》れるよなぁ」

キツい。

相槌《あいづち》を打つことすら苦痛に感じる。

頷く度《たび》に自画自賛しているような気分に陥《おちい》る。

居たたまれない気分でいると、隣でエディが笑いを堪《こら》えていることに気づいた。他人事だと思って……。

「ところで、さっきから思ってたけど……」

ふとライオスが、エディの顔を一瞥《いちべつ》した。

「なんていうかこう……エディに似ているな」

「――っ」

エディが動揺を押《お》し殺すあまり変な顔をした。

「そ、そんなこと言ったらエディに嫌《きら》われるぞ？　……ほら、エディは女っぽいとか言われるのを気にしているだろ？」

「まあ、そうだけどよ」

今思えば、あれは怒《おこ》っているのではなく警戒《けいかい》していたのだろう。

まんまと騙された。……エディの演技は一流だ。

「確かにエディと比べると、可愛《かわい》すぎるかもな。……あいつ、ああ見えて男っぽいところもあったたし」

ライオスが呟《つぶや》くように言う。

ピクリ、とエディが反応したような気がした。

「エディって意外と不器用なところがあっただろ？　料理とか全然できないって話していたし、それに怪我《けが》の手当とかめちゃくちゃ雑だったからなぁ」

「……そういえばそうだったな」

俺が実習で怪我をした時だったか……エディが応急手当をしてくれたが、包帯の巻き方がかなり雑で一緒に笑った記憶《きおく》がある。

天使の能力は器用に使いこなすが、私生活が案外そうでもないのかもしれない。

「ああいう感じはやっぱ男っぽいよな。なんつーか、女性にしては繊細《せんさい》さが足りねぇっていうか――」

「――ふんっ！」

「痛ぇっ⁉」

エディがライオスの足を踏《ふ》み潰《つぶ》した。

エディはそのまま腹を立てて去って行った。

「え？　なんで⁉　俺なんかした⁉」

「いや、その……機嫌《きげん》が悪かったんじゃないか？」

乙女心《おとめごころ》は複雑というか……。

ライオスは悪くない。タイミングが悪かったのだ。

「じゃ、じゃあ俺は、追いかけるから……」

「お、おう。なんか、すまん……」

ライオスも同行しない方がいいと察したらしく、俺たちはここで別れる。

すぐにエディの後を追いかけると、思ったより近いところで待っていた。

「エディ。さっきのは……」

「……いいよ、別に。気にしてないから」

口ではそう言っているが、エディは唇を尖《とが》らせていた。

「ケイル。ちょっと訊きたいんだけど……僕《ぼく》、そんなに女の子っぽくないかな？」

不安気に訊くエディ。

俺は慎重《しんちょう》に答えた。

「そんなことはないと思うぞ」

「……そっか。……まあ、ケイルがそう言ってくれるならいいや」

エディの表情が綻《ほころ》ぶ。

どうやら機嫌を直してくれたらしい。

「男装が完璧だと喜ぶのに、そういうところは気にするんだな」

「それとこれとは話が別さ！　確かに僕は今まで男の格好をしていたけど、だからといって女を捨てたつもりはないよ！」

なるほど、エディの気持ちが少し分かったような気がする。

ミカエルの命令に応えてみせる自分も、本来の女性としての自分も、どちらも認めてほしいのだろう。

「行くよ、ケイル！　もっと観光しよう！」

エディが俺の手を引いて言った。

試合までまだ時間はある。

折角だし、憂さ晴《ば》らしに付き合ってやるか……。

◆

ライオスと別れた後も、俺とエディはグランセル杯で賑わう街をうろついた。

食べ歩きして、ベンチで雑談して、露店を一通り見て回って、少しずつ会場へ向かって歩いていた。

「こんな一時を、過ごせるようになるとは思わなかったよ」

賑やかな街並みを眺《なが》めながらエディが呟く。

「こういう格好で、こんなふうに……ケイルと一緒に過ごせるなんて、思わなかった」

「……そうだな」

今思えば、エディと二人でどこかに遊びに行くことなんて殆《ほとん》どなかった。落ちこぼれと呼ばれていた俺は、そのコンプレックスもあって放課後を誰《だれ》かと一緒に過ごすことはなかったし、エディもミカエルの部下として忙《いそが》しい日々を送っていたのだろう。

（ミカエルは……俺に、この感情を抱《いだ》かせたかったのか？）

わざわざエディを着替えさせて、俺と二人でのんびり街を歩かせて……。

こんな平和が、これからも続けばいいのに——俺は頭の中でそう思った。

それを叶《かな》えるには、ウリエルの野望を阻止《そし》して、エディを天使族の争いから解放しなくてはならない。

「……あ」

エディが足を止め、小さく声を漏《も》らす。

「……着いたな」

いつの間にか、俺《おれ》たちは会場に到着《とうちゃく》していた。

だいぶゆっくりと歩いたつもりだったが……それでも、いずれはこの先へ向かわなくてはならない。

「試合までまだ時間はある。もう少しゆっくりしていくか？」

そう尋《たず》ねると、エディは少しだけ間を空けて……首を横に振る。

「そろそろ、前に進むよ」

小さな声で、エディは告げた。

「ケイル。準決勝の相手、覚えてる？」

「ああ。……クロウがいるな」

「……うん」

間違《まちが》いなく最大の強敵となるだろう。

エディは複雑な面持《おもも》ちをした。クロウとは同じ孤児院《こじいん》で育ったようだし、何か思うところがあるのかもしれない。

「クロウはね、僕と一緒に天使の孤児院で育ったんだ」

エディは語り出す。

「親しい仲だったと思う。……僕たちは『自由が欲しい』という目的を共有していた。孤児院という狭《せま》い世界を抜け出し、誰にも縛《しば》られない生き方を夢見ていた。……でも、それからしばらくして、僕だけがミカエル様に引き取られた」

それが、二人が袂《たもと》を分かつ切っ掛けになったのだろう。

「僕は優秀《ゆうしゅう》な子供だったらしい。だからミカエル様に気に入られた。でも、クロウは違った。……後から聞いた話だけど、クロウは誰にも引き取られることなくずっと孤児院に残っていたらしい。クロウは孤児院の中でも、落ちこぼれ扱《あつか》いされていたんだ」

まるで自分のことであるかのように、エディは悔《くや》しそうに語った。

元々、天使たちは優秀な眷属を作るために孤児院を運営していたという。ならば、子供たちに優劣《ゆうれつ》の差をつける基準があったのだろう。エディは優《すぐ》れた眷属になると判断されたが、クロウは逆の判断をされたようだ。

「その三年後かな。クロウが突然《とつぜん》、孤児院から姿を消したという噂を聞いたのは。……そして更《さら》に数年後。ウリエルの配下に、クロウと思《おぼ》しき人物がいると分かった」

エディは、唇を震《ふる》わせて言う。

「僕は……できることなら、クロウを助けたい。もしクロウが傷ついているなら、きっとそれを癒《い》やすことで改心してくれると思うんだ」

そう言って、エディは顔を上げた。

「だから、戦わなくちゃいけない」

覚悟《かくご》と共に、エディはグランセル杯の会場を見据《みす》える。

休息は十分。あとは、やるべきことをやるだけ。そう言わんばかりに、エディは闘志《とうし》を漲《みなぎ》らせていた。

そんなエディを見て――俺は、昨晩ミカエルに言われたことを思い出した。

『名前も性別も偽《いつわ》って、本当に心の底から楽しめると思うのです？』

ミカエルに告げられたその言葉は、俺の浅はかな認識《にんしき》を貫《つらぬ》いてくれた。

今日、こうしてエディと一緒に過ごしたことで、俺は確信する。

女性らしい姿で、街を観光している時のエディはとても楽しそうだった。

それこそ、今まで一度も見たことがないくらいに。

だから気づいた。

（エディは今まで……俺たちに一線を引いていたんだ）

今日が本来の、エディだとしたら、今までのエディは本来のエディではない。

今までのエディも、別に愛想《あいそ》が悪かったわけではない。笑う時は笑うし、ちゃんと感情も表に出していた。

それでも——今日のエディが一番、自然体で、魅力的《みりょくてき》に感じた。

この戦いに負けたら、エディはまた今までのエディに戻ってしまう。

絶対に、そうはさせない。

「俺は今まで、エディに助けられてばっかりだった。だから今度は俺が助ける番だ」

過去を思い出しながら俺は言う。

俺もクロウと同じように、落ちこぼれと呼ばれていた。何もできない情けない頃《ころ》があった。その時の俺を、エディは何度も手助けしてくれた。

「エディが今まで、人知れず背負ってきた重責を、俺にも背負わせてくれ。……一緒に戦おう」

「……うん。ありがとう、ケイル」

エディは優《やさ》しく微笑《ほほえ》む。

俺たちは、グランセル杯の会場へ入った。

◆

『さあ！　グランセル杯もいよいよ準決勝です！』

観客たちが興奮の声を上げる中、実況《じっきょう》が叫《さけ》ぶ。

『準決勝Aブロックの選手入場です！　最初に姿を見せたのは、ノウン選手とエディ選手！　一回戦で相手選手の殆どを無力化してみせたノウン選手は、その技にちなんで白閃と呼ばれています！　未《いま》だ素《す》顔《がお》は不明の、謎《なぞ》多き選手です！』

『そのパートナーであるエディ選手も、確かな実力の持ち主です。光を自在に操《あやつ》る攻撃《こうげき》はパターンが豊富で、場慣れしていることが窺えます』

実況と解説の説明が一区切りつくと、盛大《せいだい》な歓声《かんせい》が響《ひび》いた。

俺たちを応援《おうえん》してくれる人が沢山《たくさん》いるらしい。純粋な気持ちでグランセル杯に参加しているわけではないが、それでも背中を押してくれる声援《せいえん》には感謝を抱いた。

『次に姿を見せたのは、クロウ選手とリーン選手！　クロウ選手も一回戦は大技《おおわざ》で他の選手たちを圧倒《あっとう》してみせました！』

『パートナーのリーン選手も天使族のようです。Aブロックは天使が四人もいますね』

解説が驚いた様子で言う。

リーンに関してはあまり情報がない。見たところクロウと仲睦《むつ》まじいというわけでもなさそうだ。険悪な間柄《あいだがら》というより、クロウが周りを見る気がないように感じる。

『そして最後に登場するのが、ミュア選手とシャミー選手です！　世界最強の女性剣士《けんし》である剣姫《けんき》と、龍《りゅう》を使役《しえき》する能力の使い手！　こちらはどちらも人間のチームです！』

『それぞれ貫禄《かんろく》がある選手です。用いる武器も分かりやすく、個としての頂点を感じさせる二人です。果たしてこの二人を倒《たお》せるチームは現れるでしょうか』

実況と解説の話を聞く限り、Ａブロックの中でも優勝候補はミュアたちのチームになるらしい。正直それは俺も同感である。

（確実に『神伝駒《しんでんく》』を手に入れるなら、まずは俺たちとクロウたちが結託《けったく》して、ミュアのチームを落とすべきだが……）

天使にとって、『神伝駒』が天使以外の手に渡《わた》るのは阻止したいはずだ。ウリエルもミュアたちが優勝したら困るだろう。だからここは、一時的に手を組んでもミュアのチームを脱落《だつらく》させるのが賢《かしこ》いやり方だが……。

（……とても、そんなつもりではなさそうだな）

クロウは明らかに俺たちを敵視していた。

フィールドに立つ選手たちが動きを止める。各々《おのおの》、戦いの準備ができた。

『準決勝Ａブロック――試合開始ッ!!』

「――《光杭《パイル》》」

開戦と同時に、クロウが光の杭を放ってきた。

容赦《ようしゃ》のない一撃《いちげき》だ。しかしその殺意ゆえに、俺とエディはクロウの攻撃を読んでいた。

左右に散って光の杭を避《よ》けた俺たちは、そのままクロウに接近する。

「クロウ。どうして君は、ウリエルの手先に――」

「それはこちらの台詞《せりふ》だ」

エディの言葉を遮《さえぎ》って、クロウは言った。

「何故《なぜ》お前は、ミカエルの手先になった」

クロウの頭上に、無数の《光杭《パイル》》が現れる。

「神族《しんぞく》の支配から逃《のが》れなければ――天使に自由は訪《おとず》れない」

光の杭が、雨の如く降り注ぐ。

その矛先《ほこさき》は全て、エディの方を向いていた。

「――《光壁《ウォール》》」

二回戦でライナーの槍《やり》を止めた時のように、俺は三重の《光壁《ウォール》》で降り注ぐ光の杭を防いだ。

激しい衝突音《しょうとつおん》が耳を劈《つんざ》く。

「大丈夫《だいじょうぶ》か、エディ」

「う、うん。……大丈夫」

砂塵《さじん》の中、俺はエディに近づいて無事を確かめた。

「それで防いだつもりか？」

クロウの声が聞こえた直後、更に巨大《きょだい》な《光杭《パイル》》が放たれる。

防ぎきれない。光の壁が砕《くだ》け散る中、今度は《光輪《チャクラム》》が左右から迫《せま》った。

――強い。

純粋な才能というより、洗練された技量を彷彿とさせる。エディと同種の強さだ。光の操作という天使族の種族特性を巧《たく》みに使いこなしている。

その隙《すき》のない猛撃《もうげき》に、俺とエディは後退するしかなかった。

クロウはすぐに俺たちを追撃《ついげき》しようとするが、

「っ⁉」

クロウ目掛《めが》けて鋭《するど》い斬撃が放たれる。

咄嗟《とっさ》に回避《かいひ》したクロウは、斬撃を放った人間――ミュアを睨《にら》んだ。

「剣姫、お前は邪魔《じゃま》だ」

クロウがそう告げると同時、ミュアが光の枷《かせ》によって縛られた。――《光枷《バインド》》だ。

瞬時《しゅんじ》にリーンもクロウを援護《えんご》するように《光枷《バインド》》でミュアを縛る。剣姫の二つ名を持つミュアは、二対一でも警戒しなくてはならない。

しかし――。

「こっちの台詞ですが」

次の瞬間《しゅんかん》、二つの《光枷《バインド》》がミュアの斬撃によって切断された。

「――ちょっと強めにいきますよ」

そう言って、ミュアが剣《けん》を振るう。

刹那《せつな》、爆風《ばくふう》と共に巨大な斬撃が放たれた。俺とエディは衝撃《しょうげき》の余波だけで客席付近まで吹《ふ》き飛ばされる。視界の片隅で、クロウが《光壁《ウォール》》を展開するも威力《いりょく》を殺しきれず、吹き飛んでいる姿が見えた。

巻き上がった砂塵が風によって散った頃。

俺たちは、大きく抉《えぐ》れたフィールドの地面を見て、呆然《ぼうぜん》とした。

「……は？」

「……ちっ」

俺の驚《おどろ》きの声と、クロウの舌打ちが重なった。

ただの一振《ひとふ》りでこれだ。クロウとの戦いに専念したいのは山々だが、どう考えても無視できる相手ではない。

「私たちも、戦いに参加させてね～」

シャミーがそう告げると同時に、上空から龍が下りてきた。

準決勝で勝ち上がれるのは三組中一組。

覚悟していたが――乱戦になりそうだ。

「ドラちゃん。花火っ!!」

シャミーが龍に指示を出すと、龍はその口腔《こうこう》を頭上に向けた。

龍の口から大量の火の玉が放たれる。一度上空に放たれた火の玉は、重力に従ってフィールド全体に降り注いだ。

「これは……防げそうにないな」

なら――撃《う》ち落とす。

一瞬《いっしゅん》だけエディと目を合わせ、俺たちは《光杭《パイル》》を連射した。《光杭《パイル》》に貫かれた火の玉は、地面に着弾《ちゃくだん》するよりも早く破砕《はさい》する。上空で幾重《いくえ》もの爆発《ばくはつ》が起きた。

クロウも同じ方法でこの攻撃を凌いでいるようだ。

だが、この状況《じょうきょう》下でも手が空いている選手が一人――。

「――そこ」

肉眼では決して捉《とら》えられない、高速の斬撃が放たれた。

剣姫ミュアにとってはもはや距離《きょり》なんて関係ないらしい。地面を抉りながら進む斬撃を俺は辛《かろ》うじて回避する。

（ミュア……お前は、こんなに強かったんだな）

落ちこぼれと呼ばれていた昔と比べ、今の方がよりミュアの強さを実感できる。

それが――少し嬉《うれ》しい。

ミュアが次の斬撃を放とうとする。

だが、俺はそれよりも先に、浄化《じょうか》の光でフィールド全体を照らした。

「くっ……目がっ⁉」

目眩《めくら》ましと共に、相手の戦意を削《そ》ぐ光。

同じ天使であるクロウとリーンに、光による目眩ましは通用しない。だが人間であるミュアとシャミーには通用した。

一瞬、ミュアたちの動きが止まる。

その隙に俺はミュアへと接近し、至近距離で《光杭《パイル》》を繰《く》り出した。

「――っ」

目の前で、ミュアが剣を振り抜《ぬ》く。

光の杭と一振りの剣が、激しく鍔迫《つばぜ》り合いをした。バチバチと音を立てて閃光《せんこう》が飛び散る中、俺はミュアの真剣《しんけん》な表情を見た。

（兄として――いい加減、追いつかないとな）

後手に回ったミュアは、俺の攻撃を防ぎきれず後退する。

すぐに追いかけて再び攻撃したかったが、その前に俺は立ち止まり、クロウたちの方を見た。降り注ぐ火の玉が止《や》んだ今、クロウはまた俺たちに狙《ねら》いを定めている。

――ただの光では足りない。

ミュアたちと、クロウたち。二つのチームをどちらも倒すつもりで戦わなければ、この試合を勝ち抜くことはできない。

しかし、そのためには今まで通りの力では駄目《だめ》だ。

咄嗟に浮《う》かんだのは炎だった。

理由は分からない。直前に燃《も》え盛《さか》る火の玉を見たからか……或《あ》いは今の俺の主が、火を司《つかさど》る大天使のミカエルだからか。

掌《てのひら》に光を集める。その光が徐々《じょじょ》に熱を灯《とも》す。

白い光は赤く変色した。メラメラと、聖なる炎が掌で燃える。

この力の名を、俺は知っていた。

「――光炎《こうえん》」

燃え盛る光を、フィールドの中心に放った。

煌々《こうこう》と赤く輝《かがや》くその光は、まるで小型の太陽だった。見るだけで目が焼けてしまうような温度である。心なしか、大気が乾《かわ》いたように感じた。

刹那、その光は――爆発する。

「なっ⁉」

真っ先に驚いたのはクロウ。だがほぼ同時に、俺以外の全員が目を見開いて驚愕《きょうがく》した。

龍の巨躯《きょく》が、爆風によって壁に叩《たた》き付けられた。シャミー本人は龍の翼《つばさ》に包まれることで、辛うじて爆風を回避する。

ミュアは高く跳躍《ちょうやく》し、クロウとリーンは翼で上空に逃げた。

「馬鹿な、それは大天使《ミカエル》の力だぞ……ッ‼」

クロウが驚愕に目を見開いた。

光炎――その効果は、爆発する光だ。

威力も攻撃範囲《こうげきはんい》も、従来の光とは比べ物にならない。

――これなら戦える。

目の前にいる強敵たちを、相手にすることができる。

「エディ。ここから先、クロウのみに集中してくれ」

手短に、俺はエディに伝えた。

「それ以外は全部、俺がどうにかする」

そう告げると、エディは微《かす》かに目を丸くした。

だが、俺が持つ自信に気づいてか、やがてエディは首を縦に振る。

「分かった」

話し終えた直後、ミュアの斬撃が迫った。

俺とエディは左右に避ける。

俺はミュアたちと対峙《たいじ》するように、エディはクロウと対峙するように移動した。

「ドラちゃん！」

龍の口腔から、火の玉が放たれた。

掌に燃え盛る光を凝縮《ぎようしゆく》し、火の玉目掛けて放つ。

迫り来る火の玉を、光の爆発で相殺《そうさい》した。

これが【素質系・王】の力……。

あらゆる亜人《あじん》の王に、辿《たど》り着ける力だ。

「随分《ずいぶん》、強力な天使ですね」

飛び散る火の粉を尻目《しりめ》に、ミュアが呟いた。

そりゃどうも、と返事をしかけたところで口を噤《つぐ》む。

正体がバレては面倒《めんどう》だ。一応、声も聞かれない方がいい。

ミュアは剣を構えたまま、真《ま》っ直《す》ぐこちらを見据えた。龍を使役するシャミーも、こちらの出方を窺っている。

だが俺は、自分からは動かない。

しばらく睨み合いが続いた後、ミュアが納得した表情を浮かべた。

「なるほど。あくまで、私たちを抑《おさ》えることだけに徹《てっ》するつもりですか」

ご名答、と俺は心の中で呟いた。

俺たちが優先して倒すべき相手は、ウリエルの配下であるクロウたちだ。しかしもう一つのチーム……ミュアたちも、決して無視できる相手ではない。

剣姫ミュア。その強さは先程《さきほど》からはっきりと実感している。今の俺なら、ひょっとしたら太刀《たち》打ちできるかもしれないが――ミュアを倒すつもりで戦うなら、全力で集中しなくてはならないため、それ以外のことに意識を割《さ》けなくなってしまう。

これはバトルロイヤルだ。目の前の敵を倒せば勝ち進めるわけではない。

だから俺は、ミュアを倒す気はなかった。

ミュアは抑える。そうして、臨機応変に対応する余力を残しておく。

俺がミュアを抑えている間に、エディがクロウを追い詰《つ》めてくれたら――すぐに俺はエディと合流して、一緒《いっしょ》にクロウへトドメを刺《さ》す。

龍が次々と火の玉を吐《は》き出した。

まずは数で攻《せ》めてみる気か。

しかし俺は、先程と同じように光炎の爆発でそれらを相殺していく。

「おっと」

爆風を浴びていると、フードが外れそうになった。

思わず攻撃を中断して、フードを押さえる。

「そんなに強いなら、顔なんか隠さなくてもいいでしょっ!!」

そういうわけにもいかないのだ。

大気を焦《こ》がしながら迫る火の玉を、俺は爆発で吹き飛ばす。

（……試《ため》すか）

気になっていることが二つあった。

一つ。天使の浄化は、龍にも通用するのか。

そしてもう一つ。光炎の浄化は、通常の浄化よりも強化されているのか。

掌に、燃え盛る炎を凝縮する。

それを杭の形状に変化させ――。

「《光杭《パイル》》ッ!!」

燃え盛る光の杭が、龍の巨躯を貫いた。

すぐに俺は浄化の力を発動する。

頭上に、赤い輪が浮かんだ。

杭から溢《あふ》れた炎の光が、龍の全身を覆《おお》った。

光炎で浄化を行うと、このようになるらしい。龍の巨躯は激しく燃えているように見えるが、実際にその肉体が焼けているわけではない。

焼けているのは――消滅《しょうめつ》しているのは、龍の戦意だ。

「ドラちゃん!?　どうしたの!?」

急に動きを鈍《にぶ》くした龍に、シャミーが焦燥《しょうそう》した。

――いける。

光炎でも浄化は使える。

しかもこの手応えは……間違いない。予想通り、浄化の力が強化されている。

「シャミー、避難《ひなん》を！」

相棒の異常事態に気づき、ミュアが斬撃を放った。

燃え盛る杭を、斬撃に向かって放つ。
激しい爆発が斬撃を吹き飛ばした。
「《光枷《バインド》》ッ!!」
刹那、俺はミュアの身体を縛るように燃え盛る光を展開する。
《光枷《バインド》》は相手の動きを封《ふう》じる技だ。それを俺は、光炎で実行している。
(どうする？　動けば爆発するぞ……)
両手、両足、胴《どう》、それぞれを縛る枷は全て爆弾《ばくだん》だ。
俺にとっては、このまま時間を稼《かせ》ぐことで十分。
しかし——。
「この程度で私を止めたつもりですか？」
そう言ってミュアは平然と身体を動かした。
不用意にも見える行動だが——光が爆発するよりも早く、ミュアの身体がブレる。
一瞬、何が起きたのか分からなかったが、すぐに俺は理解した。
光の枷が消滅している。
ミュアは今、目にも留まらぬ速さで枷を斬《き》ったのだ。
「こんなの、爆発するよりも早く斬ればいいだけです」

あっさりと、ミュアは言ってのけた。

俺が生み出した光炎は、斬られたというより消滅したかのように、姿を消した。

これは……斬られたと表現してもいいのだろうか？

理解できない。次元が違う、異様な強さを見せつけられているような気分になる。

「ははっ」

思い上がりだったかもしれない。

今の俺でも、ミュアに太刀打ちするのは難しかったみたいだ。

それでも――なんとか抑えてみせる。

「ドラちゃん！」

再び戦意を蘇《よみがえ》らせた龍が、俺に火炎《かえん》を放ってくる。

これでいい。

ミュアたちも、俺を無視できない脅威《きょうい》として認識している。二人はエディのことを意識から外し、俺を倒すことだけに集中してくれている。

俺はこの状態を維持《いじ》すればいい。

あとは――エディが活路を開くまで耐《た》えるだけだ。

◇

ケイルとミュアたちが戦う一方、エディはクロウと睨み合っていた。

「あの男……俺を無視する気か」

クロウが苛立《いらだ》ちを露《あら》わにして、ケイルを睨む。

その掌を突《つ》き出し、光を杭の形にした。

「《光杭《パイル》》」

クロウがケイルへ光の杭を放つ。

しかしエディが、《光壁《ウォール》》でその杭を防いだ。

「クロウ。君の相手は僕だ」

「はっ、お前如《ごと》きに俺を止められるか」

「試してみるかい？」

エディは掌の上に、光を集束させながら言った。

空気がヒリつく。クロウが眦《まなじり》を鋭くしてエディを睨んだ。

クロウは、口にした言葉ほどエディを軽視していない。

「僕は普通《ふつう》の天使と比べて、より自由に光を操作することができる」

エディは元々、【操作系・光】の能力を持っていた。

その能力は天使になった今も、引き継《つ》がれている。

その結果、エディは——通常の天使には存在しない力を宿した。

「爆発する光炎、鎧《よろい》のように纏《まと》える光土、速くて自在に曲げられる光風、液体に変化できる光水。これらは四大天使に使えないとされる。でも……」

エディは、真っ直ぐクロウを見据えて告げた。

「僕の力なら……大天使の力を再現できる」

エディの掌に三つの《光輪《チャクラム》》が現れた。

エディはそれを、自分の周りで旋回させる。

本来、天使の光は直進と停滞《ていたい》しかできない。だがエディの光は例外だった。

「いくよ、クロウ」

エディの周囲で旋回していた《光輪《チャクラム》》が、一斉《いっせい》にクロウのもとへ放たれた。

緩《ゆる》やかな曲線を描《えが》き、《光輪《チャクラム》》は三方向からクロウへ迫る。

「ちっ」

クロウが舌打ちして、翼を激しく揺《ゆ》らした。

斜《なな》め上方に飛んで避けたクロウは、その直後に《光杭《パイル》》を放つ。

　エディは冷静に、先程放った《光輪《チャクラム》》を操作して一箇所《かしょ》に集めた。三つの《光輪《チャクラム》》でクロウの攻撃を相殺してみせる。

「《光杭《パイル》》ッ!!」

　エディの掌から、光の杭が射出される。

　クロウは翼を揺らして回避しようとしたが、杭はクロウを追うように曲がった。

　風のように速く、自由自在に曲げられるこの光は、大天使の力である光風を再現したものだ。通常の天使にこの力は使えない。

　しかし——クロウもただ者ではない。

「鬱陶《うっとう》しいッ!!」

　クロウが五つの《光杭《パイル》》を同時に放つ。

　エディも慌《あわ》てて三つの《光杭《パイル》》を追加で放ったが、相殺はできない。

「く……っ」

　咄嗟に《光壁《ウォール》》を展開したが、衝撃を殺しきれず、エディは後方へ吹き飛んだ。

「どうした、口だけか？」

　クロウの口角が吊《つ》り上がる。

　クロウの身体にも、掠《かす》り傷《きず》はできているが……あの程度ならいくら積み重なっても倒せ

ないだろう。

単純な出力だけならクロウが上だ。

今となっては疑問である。何故、これほどの素質を持つ男が、孤児院では落ちこぼれと扱われていたのか。

それだけ、この男は努力したのだ。

過去が霞《かす》んでしまうくらい、厳しい鍛錬《たんれん》を己《おのれ》に課したのだろう。

「口だけで、終わらせるつもりはないよ」

エディは掌に光を凝縮した。

ギュルリ、と光が渦巻《うずま》いた直後、エディはそれをクロウ目掛けて投擲《とうてき》する。

刹那、光が爆発した。

「これは――っ⁉」

クロウは慌ててその場から飛び退《の》いた。

光の爆発は地面を激しく抉っている。その威力は、クロウの一撃にも引けを取らない。

この技は、光炎を再現したものだ。

厳密には爆発しているわけではない。光を圧縮した後、任意のタイミングで圧縮を解いているだけだ。圧縮から解放された光は一瞬で膨張《ぼうちょう》するため、あたかも爆発したかのような威力を発揮する。

　エディはこの、光炎もどきを五発用意した。

「クロウ様ッ!!」

　その時、クロウの傍《そば》にいた選手がエディの前に立ち塞《ふさ》がった。

（ケイルは、クロウのみに集中してくれって言ってたけど……）

　クロウの仲間である、リーン選手のことを忘れていないだろうか？

　その指摘《してき》をするのは憚《はばか》られた。……ただでさえ剣姫ミュアと、その相棒である龍使いのシャミーを相手にしてくれているのだ。これ以上、負担はかけたくない。

　リーンは自分で対処しよう。

　そう思い、エディは爆発する光の一つをリーンに向けたが――。

　瞬間、燃え盛る光が横合いから現れ、炸裂《さくれつ》する。

「きゃ――ッ!?」

　リーンが悲鳴をあげて吹き飛んだ。

　一瞬、ケイルと目が合う。

　ケイルはミュアやシャミーたちと戦いながら、こちらの様子も見ていた。

「流石《さすが》っ!!」

今までの濃厚《のうこう》な戦闘《せんとう》経験によるものか、視野の広さが凄《すさ》まじい。

ケイルは本当に頼《たの》もしくなった。

自分の背中を守ってくれる、信頼《しんらい》できる友がいる。どこか誇《ほこ》らしい気持ちを胸に、エディは五つ爆弾をクロウに放った。

「小器用な奴《やつ》だな――――ッ!!」

クロウは悪態をつきながら、《光杭《パイル》》で爆弾を撃ち落としていく。

「所詮《しょせん》は再現だ！　その力、本物とは程遠《ほどとお》い！」

全ての爆弾を撃ち落としたクロウが吼《ほ》える。

だがエディは、別に焦《あせ》っていなかった。

「いいんだよ、それで」

「なに？」

怪訝《けげん》な顔をするクロウに、エディは言い放つ。

「僕《ぼく》は一人で戦っているつもりはない。……今の僕には、頼もしい仲間がいる」

エディは次々と光の爆弾を放つ。

クロウはそれを防ぎ続けるが……六発目を凌《しの》ぐと同時に、その背中が壁に触《ふ》れた。

「しま――っ」

クロウが目を見開いて焦燥する。

綿密に計算された攻防《こうぼう》の中、エディは少しずつクロウを壁際《かべぎわ》まで追い詰めていた。

これで逃《に》げ場《ば》はない。

だが——決して成果を焦らない。

改めて自分に言い聞かせる。

自分は今、一人で戦っているわけではない。

「ケイル！」

エディは仲間の名を呼んだ。

直後、エディの声に応えるように、遠くから灼熱《しゃくねつ》の光がクロウへ放たれる。

「——光炎」

離《はな》れたところで、ケイルが真っ直ぐクロウを睨んでいた。

本物の力が、炸裂する。

◆

「ぐあっ⁉」

エディの合図を受けた直後、俺《おれ》はすぐにクロウがいる方を見た。

クロウは壁際まで追い詰められていた。これなら俺の光炎を確実に当てられる。

光炎の爆発によって、クロウはフィールドの壁に叩き付けられた。

壁に亀裂《きれつ》が走り、クロウが力なく項垂《うなだ》れる。

直後、俺は《光杭《パイル》》でクロウを串刺《くしざ》しにした。

浄化の力を——発動する。

「が、あああぁあああぁああぁあ——ッ⁉」

クロウの全身を、燃え盛る光が覆った。

浄化は間違《まちが》いなく作用している。

「く、そ……ふざ、けるなァ……ッ‼」

クロウが憤怒《ふんど》の顔で俺を睨んだ。

クロウも俺やエディと同じく、天使の眷属《けんぞく》だ。憤怒の感情は薄《うす》れているはず。なら今のクロウが抱《かか》えているのは、きっと怒《いか》りなどではなく、また別の感情なのだろう。

悔《くや》しさか、それとも覚悟《かくご》のようなものか。

一体何がクロウの原動力となっているのか、疑問を抱《いだ》いたその瞬間——。

『お前が、クロウか』

頭の中に、映像が流れた。

『私の手を取れ。……自由のために、戦うのだ』

目線が小さい。誰《だれ》かの——子供の記憶《きおく》だ。

名も知らない街の路地裏。冷たい石畳《いしだたみ》に両手をついて落ち込《こ》んでいる子供に、大柄《おおがら》な男が手を差し伸《の》べていた。白い翼を生やすその男は、ウリエルだった。

映像はそこで途切《とぎ》れる。

「今のは……？」

「ぐ、う……ッ!!」

クロウは呻《うめ》きながら《光杭《パイル》》を生み出し、自身を貫《つらぬ》いている杭を破壊《はかい》する。

全身から汗《あせ》を垂らすクロウは、眦を鋭くして俺を睨んだ。

その目を見て……俺は直感で理解した。

今のは、クロウの記憶だ。

「クロウ。お前は……」

思わずクロウに、言葉を投げかけようとする。

だがそれよりも早く異変が起きた。

フィールドの中心に——黒い影《かげ》が降ってきた。

「……あれは？」

「なんだ、あれ……？」

フィールドで戦っていた全ての選手が動きを止める。観客の声援もピタリと止んだ。

突如《とつじょ》フィールドに降り立ったそれは、ドロドロの黒い粘液《ねんえき》を滴《したた》らせ、見ているだけで生理的な嫌悪《けんお》感を催《もよお》した。よく見れば人型で翼を生やしている。しかしその姿は俺が知っているどの種族にも該当《がいとう》しない。

強《し》いて言うなら――――天使に近い。

「黒い、天使……？」

エディが、小さな声で呟《つぶや》く。

「ウリエル、様……俺は、まだ……っ!!」

クロウはその黒い何かを見ながら、悔しそうな表情を浮かべていた。

不気味で歪《いびつ》な黒い影は、大きな口を開ける。

「ゴォォォアアァアアァアアアァアァアァアア――ッッ!!」

人のものとは思えない叫《さけ》び声《ごえ》が響《ひび》いた。

刹那、黒い影は巨大な杭を四方八方に放った。

これは――《光杭《パイル》》だ。つまりあの黒い塊《かたまり》は天使に違《ちが》いない。

しかしその色は清浄《せいじょう》な白色ではなく悍《おぞ》ましい黒。そして威力も――。

「強い――ッ!?」

俺よりも、エディよりも、クロウよりも――ひょっとするとミュアよりも強い。

漆黒《しっこく》の杭は次々とフィールドを破壊した。もはや試合どころではない。

黒い天使は、理性を感じさせない獣《けもの》の如き咆哮《ほうこう》を発しながら、遂《つい》には客席にいる人々まで攻撃《こうげき》しようとする。

『し、試合は中止です!!　観客の皆《みな》さんは速《すみ》やかに避難してください！』

実況《じっきょう》の慌てた声が聞こえる。

既《すで》に観客たちは散り散りに逃げていた。パニック状態に陥《おちい》った会場は、人々の阿鼻叫喚《あびきょうかん》で揺れている。

「この化物は私が止めますッ!!　皆さんは避難を手伝ってください！」

ミュアが大きな声で叫んだ。

黒い天使が無数の杭でミュアを攻撃する。しかしミュアは目にも留まらぬ速さでその一つ一つを避け、剣を振《ふ》るった。今までよりも遥《はる》かに鋭い動きだ。

ミュアになら任せられる。そう判断した俺は、すぐにエディと視線を交《か》わし、逃げ遅《おく》れた観客たちを助けに向かった。

通路が瓦礫《がれき》で埋《う》まっている。

俺は《光杭《パイル》》で瓦礫を強引《ごういん》に破壊し、道を作った。

「早く外へ！」

「あ、ありがとうございます!!」

同じように、次々と観客を会場の外へ逃がす。

「ケイルさん！」

その時、上空からミカエルの声が聞こえた。

「ミカエル、なんでここに——」

「——『神伝駒』が奪《うば》われたのです！」

一瞬、ミカエルが何を言っているのか分からなかった。

だが周囲を見渡《みわた》した瞬間、理解する。

宝冠《ほうかん》を警備していた人たちが、俺たちと同じように観客の避難を手伝っていた。エディが「あの二人なら安心」と言っていた天明旅団《てんめいりょだん》の男たちも救助に参加している。警備よりも人命を優先した結果、多くの者が客席の近くに集まっていた。

つまり今、展示室の警備はもぬけの殻《から》になっており——。

「——しまった」

ウリエルに出し抜かれたことを悟《さと》った直後、ぐにゃりと視界が歪《ゆが》んだ。

「く……ッ」

「あ、う……ッ!?」

頭が割れるような痛みを感じる。

展示室の近くにあるバルコニーに、ウリエルの姿があった。その頭には見たことのある宝冠が載《の》せられている。

──自害しろ。

──舌を噛《か》み切れ。

──死ね。

頭の中に無数の指令が響いた。それに抗《あらが》おうとすればするほど頭痛が酷《ひど》くなる。

まるで頭の中に湧《わ》いた虫が、脳味噌《のうみそ》を掻《か》き回しているかのような激痛。この痛みから逃《のが》れるために……楽になるためには、命令に従ってもいいかもしれない。

「──ッ!!」

一瞬、心が負けそうになった。

これが『神伝駒』の効果……駄目だ、これ以上は耐えられない。

「撤退《てったい》なのですッ!!」

ミカエルの声が聞こえた。

まだ辛うじて動く身体に鞭打《むちう》ち、俺は近くにいるエディを担《かつ》ぐ。

俺たちは脇目《わきめ》も振らず、会場を後にした。

◆

会場から離れてしばらく。

「『神伝駒』には有効範囲《はんい》があるのです。……ここなら、大丈夫《だいじょうぶ》なのですよ」

ミカエルが額から汗を垂らしながら言う。

念のため俺たちは郊外《こうがい》まで逃げ、そこで落ち着いて話し合うことにした。

最悪の状況だ。『神伝駒』をウリエルに盗《ぬす》まれてしまった。

あれだけ目立つことをされてしまった以上、『神伝駒』の存在も明るみに出るだろう。

天使族を自在に操《あやつ》れる道具……これを悪用しようと目論《もくろ》む者もいずれ現れるはずだ。

「ケイル君！」

背後から名を呼ばれる。

「クレナ、アイナ……っ！」

そこには俺たちの仲間である、二人の少女がいた。

「急に皆走り出すから、何かあったのかと思ってびっくりしちゃった」

「……そうか。二人は天使じゃないから、『神伝駒』の効果がないのか」

クレナたちは、俺たちが何故《なぜ》あの会場から逃げたのか理解していなかったらしい。

「ウリエルがかぶっていたあの冠《かんむり》……あれが『神伝駒』なのね」

俺の呟きを聞いたアイナが、合点《がてん》がいった様子で呟く。

黒い天使は陽動だった。フィールドに突如乱入した黒い天使は場を掻き乱し、その隙《すき》にウリエルは展示室に飾《かざ》られていた『神伝駒』を奪ってみせた。

「奇襲《きしゅう》しかないのですよ」

ミカエルが言う。

「『神伝駒』は、そう気軽にポンポンと使えるものではないのです。一度使うと、しばらくインターバルを置く必要があるのですよ」

「……つまり、ウリエルは今からしばらくの間、『神伝駒』を使えないということか？」

「はいです。よって私たちは今から奇襲を行い、そのインターバルが終わるまでに『神伝駒』を奪い返すしかないのです」

作戦の趣旨《しゅし》は理解した。俺は首を縦に振る。

「インターバルはどのくらいなんだ？」

「約三十分なのです。だから今すぐに動かなくちゃいけないのですよ」

三十分を経過すれば、ウリエルはまたいつでも『神伝駒』を使える状態になる。そうなると奇襲の成功率も格段に下がってしまうだろう。

つまり、勝機は今しかない。

「奇襲には私も参加するのです。……ウリエルが強硬《きょうこう》手段に出た以上、こちらもなりふり構わなくてよくなったのですよ」

今回はミカエルも戦いに参加してくれるようだ。

心強い。

「ミカエル。一つ相談したいことがある」

出発する前に、俺はミカエルに訊《き》いた。

「試合中、俺は光炎を使ったんだが、その時に妙《みょう》な映像を見たんだ。多分あれはクロウの記憶だと思うんだが……」

俺はどんな映像を見たのか、ミカエルに伝えた。

ミカエルは俺が光炎を使ったことを既に知っていたのか――或いは俺を仲間に引き入れた時点でこのくらいは想定していたのか、いずれにせよ驚《おどろ》きはしなかった。

「大天使の浄化《じょうか》は、対象の悪意や害意の原因に触れることができるのですよ。恐《おそ》らくウリエルも、その力でクロウが欲《ほ》しがっていた言葉を伝えたのです」

つまり、相手が悪意などを持っていた時、その悪意が生まれた切《き》っ掛《か》けとなった記憶を読み取ることができるということか。

あの映像が正しいなら、クロウはウリエル直々に声をかけられたということだ。

「ケイルさん。注意してほしいのです」

ミカエルが真剣な面持《おもも》ちで言う。

「浄化は本来、反動があるものなのですよ。ケイルさんは能力が高いため今まで感じていなかったみたいですが、大天使の浄化は強力な分、負担も大きくなるのです」

「……分かった」

大きすぎる力には反動がある。

悪魔《あくま》の眷属となった時、俺が最後に使った技もそうだった。あらゆる能力を強制的に解除する力……あれを使った後は、全身が怠《だる》くて自分自身もしばらく能力を使えなかった。

「急ごう。この機を逃したら、僕たちは負ける」

エディの言葉に俺たちは頷《うなず》く。

俺たちは再び、ウリエルがいるグランセル杯《はい》の会場へ向かった。

◆

グランセル杯の会場が近づくにつれて緊張感《きんちょう》が増してきた。

黒い天使が起こした騒動《そうどう》は既に街中に知れ渡《わた》っており、人々は混乱していた。念のため会場から離れようとしている人々の波に逆らうように、俺たちは会場へ向かう。

特種兵装『神伝駒』の奪い合いは、現状ウリエルが勝者と言えるだろう。ウリエルは準備が終わり次第《しだい》、天界へ戻《もど》って神族への反乱を起こすつもりだ。

「エディ」

俺は隣《となり》を走るエディに、ずっと抱いていた疑問を吐き出した。

「ウリエルが倒《たお》したがっている神族って、一体何なんだ……？」

「……人間だよ」

「え？」

エディは前を向いて走りながら語る。

「かつてこの世界には亜人が存在しなかった。……亜人が生まれたばかりの頃《ころ》、それは種族ではなく病だと解釈《かいしゃく》され、その病を治療《ちりょう》する技術を探すための科学者集団ができた。その科学者集団が、現代では神族と呼ばれている」

その話は俺にとって信じがたいものだった。

だが、この状況《じょうきょう》でエディが嘘《うそ》を言うとも思えない。

エディの隣にはミカエルがいる。ミカエルは黙《だま》って話を聞いていた。……今の話は事実なのだろう。

「彼《かれ》らは亜人という病を治療するために高度な研究を行った。その結果、数々の副産物が生まれることになった。亜人の種族特性を強化する薬グノーシスも、悪魔族を操るレメゲトンも、『神伝駒』や『天翼《てんよく》の剣《けん》』のような特種兵装もその一つだ」

獣人王から聞いた話と同じだ。

「……その神族は、今も生きているのか？」

「生きているかと言われると微妙《びみょう》かもね」

エディが難しい顔で言う。

「神族は今、天界の中枢《ちゅうすう》で眠《ねむ》っている。……コールドスリープっていう技術らしい。聞いたことないよね」

苦笑《くしょう》するエディに、俺は何も言えなかった。

コールドスリープ……聞いたことがない技術だ。

「亜人を治療するための薬自体は、既に完成しているみたいなんだ。でも、その大量生産に莫大《ばくだい》な時間がかかってしまうと判明したから、神族は薬の生産が終わるまで眠ることにしたらしい。……天界では今も、薬を製造する工場が稼働《かどう》している。天使族は、その工場の管理を任されている種族なんだ」

天使族が神族に仕えている種族というのは、そういうことか……。

ずっと妙だとは思っていた。天使族が神族に仕えているというのは伝承上の話でしか聞いたことがなかったし、仮に実在するとしても、この緊急時《きんきゅう》に全く顔を出さないのは変な話である。ウリエルの反乱で最大の被害《ひがい》を受けるのは天使族ではなく神族なのだから、本来なら神族が主導となってウリエルの野望を阻止《そし》するべきだ。

だが、ここにきて辻褄《つじつま》が合った。

神族は眠っているのだ。

「皆、あれ!!」

会場へ入り、フィールドの方へ向かったところでクレナが叫ぶ。

「これは……」

グランセル杯の会場には、複数の黒い天使がいた。

観客は全員避難しており、大会に参加していた選手たちが黒い天使と交戦していた。

遠くでミュアが黒い天使を両断する。しかしすぐに背後から、また別の黒い天使が襲《おそ》い掛かってきた。ミュアはすぐに振り返り、迫《せま》る漆黒の杭《くい》を剣で弾《はじ》く。

「ミカエル様。この黒い天使は……」

「……分からないのです。このような天使がいるなんて、聞いたこともないのですよ」

ミカエルもこの光景を見て困惑《こんわく》していた。

ここは地獄《じごく》だ。得体の知れない化物が、ぞろぞろと蠢《うごめ》いている。

「展示室の窓を見て」

アイナが静かに告げる。

展示室の窓から、ウリエルの横顔が見えた。

「予想通り『神伝駒』は使われていません。今のうちに行くのですよ」

ミカエルの言葉に俺たちは頷き、展示室の方へ向かう。

廊下《ろうか》に数人の警備員が倒れていた。申し訳ないが、今は介抱《かいほう》する余裕《よゆう》がない。これ以上の被害を出さないためにも今ここでウリエルを倒さなければ。

「来たか、愚図《ぐず》ども」

展示室に入ると、黒髪《くろかみ》の男が俺たちを出迎《でむか》えた。

「……クロウ」

エディが小さな声で呟く。

準決勝で戦った強敵、クロウの姿がそこにはあった。

しかしそこにいるのはクロウだけではない。

「ウリエル……」

ミカエルが神妙《しんみょう》な面持ちでその名を呟く。

大柄で茶髪《ちゃぱつ》の男——土の大天使ウリエルがそこにいた。ウリエルは常に強靱《きょうじん》な威圧《いあつ》感を放っており、俺たちは最大限の警戒《けいかい》を抱く。

ウリエルの頭には『神伝駒』、腕《うで》には『天翼の剣』があった。二つの特種兵装からも独特で恐ろしい気配を感じる。

「久しいな、ミカエル。こうして言葉を交わすのは数年ぶりか」

「はいです。その数年間、ウリエルはずっと逃げていましたからね」

ミカエルの発言を安い挑発《ちょうはつ》だと言わんばかりに、ウリエルは鼻で笑った。

「ウリエル。貴方《あなた》にもまだ天使族の誇りが残っているなら、今すぐ投降するのですよ。元来、天使は争いを好まない種族……貴方の行いは野蛮《やばん》そのものなのです」

「くだらん。何が誇りだ」

ウリエルは鋭《するど》い眦でミカエルを睨《にら》む。

「神族に頭を垂れる恥知《はじ》らずどもめ。……私こそが天使族の誇りだ」

そう告げたウリエルは、掌《てのひら》をこちらへ向けた。

刹那《せつな》、光《ひか》り輝《かがや》く杭が飛来する。

「こんなものは、誇りとは言えないのですよ」

ミカエルの羽が火の粉を纏う。

四方に散った光の炎《ほのお》が、一気に爆発《ばくはつ》した。ウリエルが放った杭は、爆発によって粉々に砕《くだ》けて消える。

「独りよがりな正義は、悪と言うのです」

ミカエルとウリエル、二人の大天使が無言で睨み合った。

そんな二人の様子を眺《なが》めながら、俺は考える。

（『神伝駒』のインターバルが終わるまであと少し……クロウもウリエルも、すぐに倒さなくてはならない）

だが、そんなことできるか……？

準決勝での手応えから考えると、クロウだけなら倒せるかもしれない。しかしその傍には土の四大天使ウリエルがいるのだ。

一瞬《いっしゅん》の攻防で理解した。ウリエルは強い。まだ全く本気を出していないだろう。

「ウリエル様。次こそ皆殺《みなごろ》しにしてみせます」

クロウが一歩前に出て、俺たちを睥睨《へいげい》する。

だがウリエルは、そんなクロウの戦意に頷かなかった。

「クロウ。生憎《あいにく》だが――」

ウリエルは『天翼の剣』を持ち上げ、

「――私は、一度失敗した部下は信頼しない」

その刀身を、クロウの背中へ突き刺《さ》した。

「が――ッ⁉」

「クロウっ⁉」

鈍色《にびいろ》の剣に背中から貫かれ、クロウは目を見開いた。

口から鮮血《せんけつ》を吐《は》いて呻くクロウに、エディが困惑する。

「あ、がァ、ぐギィ……ッ」

クロウの身体に異変が起きた。剣が突き刺さった腹部を中心に、少しずつ肌《はだ》が黒色に染まっていく。クロウは徐々《じょじょ》に激しく苦しみ出した。

「『天翼の剣』には二通りの使い方がある。一つはそのまま発動し、指定した範囲にいる全ての天使を強化すること。……そしてもう一つは、対象に直接剣を突き刺すことで、その天使を極限まで強化することだ」

苦悶《くもん》の声を零《こぼ》すクロウの背後で、ウリエルは淡々《たんたん》と告げた。

クロウの翼が、根元から末端《まったん》に向けて黒色に変色していく。

ポタリ、ポタリ、と黒く染まった羽の先端《せんたん》から、泥《どろ》のような粘液が垂れ落ちた。頭上の光る輪も黒く染まる。その悍ましくて醜《みにく》い化物を、俺たちは知っている。

黒い天使。準決勝に乱入し、今も会場で暴れ回っているあの化物だ。

「理性が飛ぶほど強化された天使だ。……もはや天使には見えないがな」

「ガアアアアアアアアアアァァァァアアアアア――――ッ!!」

ウリエルが愉快《ゆかい》そうに笑うと同時に、クロウの声にならない叫びが聞こえた。

黒い翼が大きく広げられる。その直後、漆黒の杭が放たれた。

「《血堅盾《ブラッディ・シールド》》ッ!!」

「《光壁《ウォール》》ッ!!」

クレナが血の盾《たて》を出し、エディが光の壁を生み出す。

なんとか漆黒の杭を弾いた直後、アイナが高く跳躍《ちょうやく》した。

「『部分獣化《じゅうか》』――――ッ!!」

右腕《みぎうで》を虎《とら》のものに変え、アイナがクロウに殴《なぐ》りかかる。

しかしクロウは、黒い翼でそれを受け止めた。

「なんて、力なの……ッ!?」

「ゴァアアアアァァァァァ――ッ!!」

翼を大きく振り回し、クロウはアイナを弾《はじ》き飛ばした。

飛び散る黒色の粘液が腕に触れる。

「――っ」

その瞬間《しゅんかん》――俺は一瞬だけ足を止めた。

自分が今、何故戦っているのか理解できなくなった。あらゆる欲望が消え、動くことすら億劫《おっくう》な気分になった。

すぐ我に返った俺は、仲間たちに声をかける。

「粘液に触れるな！　浄化の力がある！」

俺の言葉を聞いて、クレナたちはすぐに回避《かいひ》からガードに切り替《か》えた。

クレナが大きめの盾を作り、アイナ、エディ、ミカエルの三人はその後ろに隠《かく》れる。

「アァアアアアァァァ――っ!!」

クロウが再び漆黒の杭を放とうとしていた。

しかし、それよりも早く、

「──《光杭《パイル》》」

炎の光線が視界を横切る。

ミカエルの指先から、凄まじい速度で光炎《こうえん》が放たれた。

「ギアァアァアッ⁉」

炎の光に貫かれたクロウが、悲鳴を漏《も》らす。

「皆さん、落ち着くのですよ。想定外の光景ではありますが、私たちのやるべきことは変わらないのです」

堂々とそう告げるミカエルが、とても頼もしかった。

今の技は……恐らく、杭の後方だけを光炎で爆発させて、その推進力で速度を上げたのだろう。結果、《光杭《パイル》》は光線と化した。

光炎には、ああいう使い方もあるのか……。

中々奥深《おくぶか》い。

「《光輪《チャクラム》》ッ‼」

ミカエルが生み出した隙を、エディは逃がさなかった。

クロウは呻き声を漏らしながら身体を反らそうとする。だがエディが放った光の輪はクロウを追尾《ついび》して、脇腹《わきばら》を抉《えぐ》った。

「グアッ⁉」

次いで、クレナとアイナも追撃《ついげき》を試みる。

「《光枷《バインド》》」

光輝く枷が、クレナの身体を縛《しば》る。

アイナの周りにも枷が生み出されたが、

「鬱陶《うっとう》しいわね――――‼」

アイナは素早《すばや》く跳躍して、拘束《こうそく》から逃れることに成功する。

そのまま天井《てんじょう》に足をつけたアイナは、ウリエルを睨んだ。

アイナは標的をウリエルに変える。

「はッ‼」

アイナは『部分獣化』で腕を虎に変え、ウリエルを殴った。

直後――ガキン！　と金属が何かとぶつかったかのような音が響く。

アイナの拳《こぶし》はウリエルに触れたところで止まっていた。

ウリエルは、アイナの拳を一歩も動かずに受け止めてみせた。

「軽いな」

そう告げるウリエルの全身は、光輝く土の鎧《よろい》で覆《おお》われていた。

――光土。

それは鎧のように纏《まと》える光。

頑強《がんきょう》な鎧に守られたウリエルは、アイナの強力な拳をものともしなかった。

「くっ」

アイナが慌《あわ》てて後退する。

一瞬、その虎の拳に砂が纏わり付いたように見えた。……恐らく、光土で形成された鎧は、触れているだけで浄化の力が発揮されるのだろう。

厄介《やっかい》な鎧だ。

硬《かた》い上に、長く触れることもできない。

「《光枷《バインド》》」

光輝く土の枷が、アイナの動きを封《ふう》じた。

鎧を相手に纏わせることで、身動きできなくしている。

アイナとクレナは、必死に拘束から抜《ぬ》け出そうとする。

しかし枷はびくともしない。

「クロウッ!!」

エディがクロウ目掛《めが》けて駆《か》けた。

その手に巨大《きょだい》な光の杭を持ち、藻掻《もが》くクロウに突《つ》き刺そうとする。

しかし――。

「グゥ……ガァア、アァアァアァアァ……ッ」

「……っ」

理性を失い本能のまま動くクロウを見て、エディは僅《わず》かに足を止めてしまった。

クロウは酷く苦しんでいるように見える。

俺ですら、今のクロウを攻撃することに躊躇《ちゅうちょ》を覚えるくらいだ。幼少期、同じ場所で育ったエディにとっては尚更《なおさら》のことだろう。

「ソフィ、だったか。お前は本当に惜《お》しかった。……【操作系・光】という能力を持つお前は、できることなら私の手駒《てごま》に加えたかった」

ウリエルが頭上に土の杭を生み出しながら言う。

「その脆《もろ》い心さえなければ……クロウではなくお前を兵士に選んでいただろう」

「が――ッ⁉」

放たれた杭に対し、エディは咄嗟《とっさ》に《光壁《ウォール》》を展開したが、衝撃《しょうげき》を防ぎきれなかった。

吹《ふ》き飛んだエディは、展示室の壁に打ち付けられる。

クレナとアイナはまだ動けない。

ここで更《さら》に攻撃されると、致命傷《ちめいしょう》になってしまう。

「ウリエルッ!!」

俺はウリエルの名を叫び、気を引いた。

同時に、掌の上で光炎を凝縮《ぎょうしゅく》する。

「――《光杭《パイル》》ッ!!」

先程《さきほど》ミカエルがやってみせた、炎の閃光《せんこう》。

俺はそれを、五つ同時に放った。

「ッ!?」

ウリエルが慌てて土の壁を展開する。

その壁は通常の《光壁《ウォール》》とは比べものにならないほど強度が向上していた。光炎と同じように、光土も全体的な出力を底上げする効果があるらしい。

五つ放った炎の光線のうち、三発目が壁を砕く。

残った二発がウリエルに届いた。

だが、ウリエルの鎧は砕けない。

「……驚異的《きょういてき》だな、その力。潜在《せんざい》能力は私よりも上か」

ウリエルは冷静に言った。

「大天使の立つ瀬《せ》がないのですよ。……味方で本当によかったのです」

光炎でクレナとアイナの拘束を解いたミカエルが、小さな声で呟く。

それでも、決定打にはならなかった。

ウリエルがこちらを睨みながら、頭に載せている宝冠に触《ふ》れる。

一瞬、『神伝駒』を使われるのかと身構えたが、その様子はない。

――インターバルはあとどのくらいだ？

ウリエルは『神伝駒』を使えば簡単にこの状況を脱《だつ》することができる。

戦況《せんきょう》は拮抗《きっこう》しているだけでは駄目《だめ》だ。

もっと迅速《じんそく》に、ウリエルたちを無力化しなくてはならない。

（……あれ？）

ふと、俺は疑問を抱いた。

俺《おれ》たちが一度会場を去ってから、だいぶ時間は経《た》っている。会場から逃《に》げた時間と、再び会場に戻ってくるまでの時間、そして今ウリエルたちと戦っている時間。全てを足せば三十分は超《こ》えているのではないだろうか。

（『神伝駒』のインターバル……長くないか？）

ウリエルとクロウ、二人の強敵と同時に戦う羽目になったせいで、俺たちはかつてないほどの集中を余儀《よぎ》なくされた。

しかしふと冷静になると、違和感《いわかん》に気づく。

仮に『神伝駒』のインターバルが、ミカエルの予想以上に長いとしたら。

今はウリエルを優先的に狙《ねら》わなくてもいい。

倒すべきは――クロウだ。

「ミカエル、クレナ、アイナ」

三人の少女に俺は小さな声で告げた。

「俺とエディで、どうにかクロウを倒す。それまでなんとかウリエルを引き付けてくれ」

「……了解《りょうかい》なのです。貴方を信じるのですよ」

ミカエルが同意を示す。クレナ、アイナも無言で頷いた。

ミカエルによれば、ウリエルの実力は四大天使の中でもトップ。手強《てごわ》い相手だ。

だが……俺は知っている。

今のクレナとアイナは、たとえウリエルが相手でもそう簡単には負けない。

「――『完全獣化』」

アイナが巨大な虎の姿になる。

「『血舞踏《ブラッディ・アーツ》』――《血鮮処華《ブラッディ・エクスキューショナー》》」

クレナが鮮血のドレスを纏う。

二人の少女の存在感が爆発的《ばくはつてき》に増した。ウリエルも亜人《あじん》なら、彼女《かのじょ》たちの格が跳《は》ね上がったことに気づいただろう。

二人とも強くなっているのだ。

俺たちは何度も一緒《いっしょ》に戦ってきた。それぞれ自身の無力を痛感することが多かった。だからクレナとアイナは、ずっと修練を続けてきたのだ。

勿論《もちろん》、二人だけではない。

俺も——強くなっている。

掌に炎を凝縮した。光輝く炎がギュルリと渦《うず》巻《ま》き、膨大《ぼうだい》な熱を発する。

ミカエル、クレナ、アイナの三人は順調にウリエルの目を引いていた。しかしこのシチュエーションはそう何度も作れないだろう。

策を弄《ろう》する時間はない。迅速に、確実にここでクロウを倒さなければならない。

一撃《いちげき》だ。

全力の一撃で、活路を開いてみせる。

「——《光杭《パイル》》ッ!!」

巨大な光線が放たれた。

先程、ミカエルの真似《まね》をして放った五つの光線。その数を更に増やし、そして一つに束ねた上で放ってみせた。

「ガァァァァァァァ――ッ⁉」

炎の光線がクロウを貫《つらぬ》く。

その瞬間、俺は浄化の力を発動した。

頭上に天使の輪が浮《う》かぶ。

眩《まばゆ》い光が、展示室を照らした。

「この光は……っ」

「……ちっ」

ミカエルが驚き、ウリエルが舌打ちする。

俺の能力【素質系・王】は、あらゆる亜人の王に到達《とうたつ》できる才能。そのため亜人の種族特性を誰《だれ》よりも上手《うま》く扱《あつか》える。

「……白閃」

クレナが小さく呟《つぶや》いた。

白閃のノウン……誰かが勝手につけた俺の二つ名だ。しかしこの光景は、確かにその名に相応《ふさわ》しいと自分でも思う。

その時、また頭の中に映像が流れた。

『天使族は今、神族に支配されている。その支配から逃れるためには戦うしかないんだ』

蹲《うずくま》るクロウに、ウリエルは手を差し伸《の》べながら言った。

『クロウ。お前が自由を手に入れるには戦うしかない。私の手を取り、私の手足となって戦え。そして神族を皆殺しにするのだ』

肌寒《はだざむ》い風が吹いていた。しかしクロウが身に纏っているのはボロ布一枚だけだった。

薄暗《うすぐら》い路地裏で、クロウは独りだった。

孤児院《こじいん》の家族たちは次々と天使たちに引き取られていくというのに、クロウだけは誰にも声をかけられない。

クロウは鮮明《せんめい》に覚えていた。……天使たちが孤児院を訪《おとず》れた時、彼らは子供たちに優《やさ》しい視線を注いだ。しかし、その目がクロウを映した時——酷く無関心な顔に変わった。

あの時の屈辱《くつじょく》と怒《いか》りが、クロウに耐《た》えがたい苦痛をもたらした。

そして後先を考えず、孤児院を抜け出したクロウに……ウリエルは声をかけたのだ。

『自由が欲しければ、戦え』

ウリエルが告げる。

クロウは差し伸べられた手を取った。

映像はそこで終わる。

「ガ、ァ……ウッ」

黒い天使と化したクロウが、呻《うめ》き声《ごえ》を漏らした。

クロウの戦意。その根源が今、明らかになった。

「俺は、こんなところで……負けるわけにはいかない……ッ!!」

浄化の力によって戦意を著《いちじる》しく削《そ》がれたクロウは、代わりに理性を取り戻していた。

それでもクロウは震《ふる》える肉体に鞭打ち、漆黒《しっこく》の杭を四方八方に放つ。

しかし、その威力《いりょく》や速さは明らかに落ちていた。

「天使は神族に支配されているんだ！　奴《やつ》らを倒さなければ、自由は訪れないッ！」

光炎の壁で杭を防ぐ俺に、クロウは叫《さけ》んだ。

追《つ》い詰められているのだろう。クロウは今、視野が狭《せま》くなっている。

この場にいるのは、俺一人ではない。

「エディ!!」

全ての杭を防ぎ切ると同時に、俺の背後でずっと力を溜《た》めていたエディが走り出した。

「この――馬鹿ッ!!」

極大の《光杭《パイル》》がクロウ目掛けて放たれる。

クロウは真っ黒な翼を正面に重ねて盾代わりにした。

だがその直後、エディが放った光の杭が膨張《ぼうちょう》する。

光炎による爆発を再現したその杭は、クロウに激しい衝撃を与《あた》えた。

弾き飛ばされたクロウは、口から血を吐き出しながら膝《ひざ》をついた。

「それは君の自由じゃない！　ウリエルの自由だッ‼」

「っ……⁉」

クロウが目を見開いた。

「僕《ぼく》は、自分のせいで誰かが不自由になってほしくない。手を差し伸べられる側から、手を差し伸べる側になりたい。……それが僕にとっての自由だ」

エディが、自身の願いを吐露《とろ》する。

俺にとっては初耳だった。しかしすぐに納得《なっとく》できた。

いつだってエディは誰かに手を差し伸べる。かつて俺にしてくれたように……そして今はクロウにしているように。

それがエディの自由。

エディの、やりたいことなのだろう。

「クロウ。……君の求める自由は、何だ？」

「俺、は……」

問いかけるエディに、クロウは困惑する。

クロウは、ゆっくりと言葉を絞《しぼ》り出す。

「俺は、ただ……あの時みたいに、お前と一緒に……っ」

目尻《めじり》に涙《なみだ》を溜めて、クロウは言う。

その言葉を聞いて、エディはクロウの願いを理解した。

「……クロウ。君にとっての自由は、あの孤児院だったんだね」

エディが告げたその一言に――クロウは放心した。

自覚した己《おのれ》の感情が、あまりにも予想外過ぎるものだったのだろう。

灯台もと暗しとでも言うべきか……孤児院にいた頃のクロウは、外の世界に強く憧《あこが》れを抱《いだ》いていたが、結局クロウが本当に求めていたのは最初から孤児院の中にあった。

神族の支配から逃《のが》れるという願いは、ウリエルによって後付けされたものだ。

クロウは辛《つら》かったのだろう。孤児院の家族たちが、次々と天使たちに引き取られ、自分だけが取り残されてしまったという現実が。

クロウはただ――孤児院の家族と、離《はな》ればなれになりたくなかっただけだ。

「――ぎッ!?」

唐突《とうとつ》に激しい頭痛を感じ、俺は床《ゆか》に片膝《かたひざ》をついた。

見ればエディも同様に蹲っていた。

この痛みには覚えがある。俺はウリエルを睨んだ。

「『神伝駒』……っ」

「残念だったな。結局、私にはこれがある」

ウリエルが宝冠《ほうかん》を指で小突《こづ》きながら、不敵な笑《え》みを浮かべた。

インターバルが終わったのか。

最悪だ。これで俺とエディとミカエルは無力化されてしまった。戦力にならないどころかウリエルに操《あやつ》られて敵に回る可能性すらある。

考えろ――何かいい手はないか？

（……『神伝駒』が、天使を操る道具なら）

耐えがたい頭痛の中で、俺は一つの結論を導いた。

（天使じゃなくなればいい……ッ!!）

至極《しごく》単純な答えだった。

それしか選択肢《せんたくし》は残されていない。

「クレナ！」

「っ!!　――任せてっ!!」

クレナが一瞬でこちらの意図を読み取り、俺の傍《そば》まで来てくれた。

「何を……いや、まさか……ッ!?」

こちらの行動を訝《いぶか》しんでいたウリエルが、何かに気づいた様子で土の杭を放つ。

土が砕け、砂塵《さじん》が視界を遮《さえぎ》った。

一瞬の静寂《せいじゃく》。ウリエルは、俺たちを仕留められたのか半信半疑で硬直《こうちょく》している。

その答えは――今、示す。


「――《血閃鎌《ブラッディ・サイス》》」

紅の鎌がウリエル目掛けて放たれた。


「ぐっ!?」

想定外の攻撃《こうげき》だったのか、ウリエルは防御《ぼうぎょ》が遅《おく》れる。

背中から生えた黒い羽を揺《ゆ》らして、砂塵を吹き飛ばした。

真紅《しんく》の瞳《ひとみ》。鋭く伸びた牙《きば》。黒い羽。黒い尾《お》。そして――血を操る種族特性。

今の俺は――吸血鬼《きゅうけつき》だった。

「ケイ、ル……っ」

「ケイル、さん……」

エディとミカエルが、『神伝駒』に抗《あらが》いながら俺を見る。

縋《すが》るような二人の視線を受け止めた俺は、力強く頷いてみせた。

「大丈夫《だいじょうぶ》だ。――あとは任せろ」

俺を中心に空間が歪《ゆが》む。溢《あふ》れ出る格が可視化されるようだった。

明らかに、吸血鬼領でギルフォーフォを倒した時よりも力が漲《みなぎ》っている。

「凄《すさ》まじい格だ。……しかし、私には『天翼の剣《これ》』がある」

ウリエルが『天翼の剣』を掲《かか》げると、不思議な波動が広がった。……『天翼の剣』の一つ目の効果、範囲内《はんいない》にいる天使の強化を発動したようだ。

ウリエルの翼がビキビキと音を立てて大きくなった。その頭上にある光の輪も大きくなっている。ウリエルの格が、急激に膨《ふく》れ上がった。

俺が天使の眷属《けんぞく》になったのは、この展開を危惧《きぐ》してのことだった。ウリエルは『天翼の剣』を使って自分や配下を強化するはずだ。しかしその時に俺も天使になっていれば、俺自身も『天翼の剣』の効果を受けられるので、実力差が開くことはない。

ただでさえウリエルは四大天使の中でも一番強いのだ。そのウリエルが『天翼の剣』で強化されたら、いくら俺でも対策なしには勝てない……ミカエルはそう思ったのだろう。

（これは……ミカエルの誤算だ）

責めるつもりは全くない。

何故《なぜ》なら俺も、予想していなかったのだ。

（俺は以前より――強くなっている）

能力も、俺自身のセンスも。今までの俺と同じではない。

吸血鬼、獣人《じゅうじん》、悪魔《あくま》、天使と四種類の亜人の眷属になったからか……俺は自分の能力を今まで以上に使いこなすことができていた。

「『血舞踏《ブラッディ・アーツ》』――《血閃斬牢《ブラッディ・メイデン》》」

無数の血の斬撃を、周囲に放つ。

斬撃は空中で方向転換《てんかん》し、四方八方からウリエルへと迫った。

ウリエルは大量の杭を生み出し、迫り来る斬撃を全て撃《う》ち落とそうとする。しかし数が足りず、血の斬撃はウリエルの右足に直撃《ちょくげき》した。

「血を流したな」

ウリエルの右足から血飛沫《ちしぶき》が舞《ま》う。

その血は床に落ちず――宙で停止した。

「――――《血界王》《ブラッディ・キング》」

視界に入る全ての血液が、俺の支配下になった。

ウリエルの足から流れ出る血液から、床に染《し》みついているもはや誰のものか分からない血液まで、全てを宙に浮かせる。

その全てを三日月状の斬撃に変えて、ウリエルへと放った。

「ぐ、う……ッ!!」

ウリエルの身体に傷つく度に血は流れる。そしてその血を俺が自在に操る。

無限に続く斬撃の嵐《あらし》に、ウリエルはじりじりと追い詰められていった。

「図に、乗るな……ッ!!」

ウリエルの翼《つばさ》が頑強な土に覆われる。

まるで鎧の翼だ。ウリエルは全身を翼で守ることで、俺の攻撃を凌《しの》いでみせた。

翼を殻《から》のようにしたまま、ウリエルは巨大な杭を顕現《けんげん》する。

「アイナ！」

「ええ!!」

ここは強力な一撃が欲《ほ》しい場面だ。

俺は一瞬で吸血鬼から人間に戻《もど》り、親指に歯を立てて血を流す。

傍に来てくれたアイナと、親指を重ね合わせた。

獣の耳と尾。鋭く伸びた爪《つめ》。大幅《おおはば》に向上した身体能力。

獣人と化した俺は、すぐに三番目の獣化を発動した。

「――――『獣神憑依《じゅうしんひょうい》』」

心臓が強く脈打ち、全身に赤い亀裂《きれつ》が刻まれた。

自身の身体を巨大な獣の姿に変える『完全獣化』……その更に先にある技だ。巨獣《きょじゅう》の力を人の身体に留《とど》めることによって、尋常《じんじょう》ではない身体能力を得ることができる。

土塊《どかい》の杭が射出された。

俺はそれを、拳一つで粉砕《ふんさい》する。

「馬鹿なッ⁉」

驚愕《きょうがく》するウリエル目掛けて、俺はもう一発の拳を繰《く》り出した。

ウリエルは土で覆った二枚の翼を重ねて盾にした。しかし俺の拳は、その盾を粉砕して更にウリエルの身体に届く。

「があ――――ッ⁉」

耳を劈《つんざ》く爆音《ばくおん》と、目も開けられないほどの爆風《ばくふう》が生じた。展示室の壁が瓦解《がかい》し、ウリエルの身体が宙に放り出された。

キラリ、と視界の片隅《かたすみ》で何かが光る。

美しい宝冠――『神伝駒』が、ウリエルの手から離れた。

「ミカエル！」

「はいですッ!!」

ウリエルが『神伝駒』を落としたことによって、ミカエルとエディも復活した。

この機を逃すわけにはいかない。

獣人から人間の肉体へと戻った俺は、ミカエルの小さな身体を抱《かか》え、展示室の壁にできた大穴からフィールドの方へ飛び降りた。

空中でミカエルが翼を広げ、羽を落とす。

それを拾い、俺は再び天使となった。

――背中が熱い。

まだ――まだ俺は、力を引き出せる。

俺の頭上にある輪が強く輝《かがや》いた。

同時に――四つの翼を広げる。

「翼が、四つ……っ!?」

フィールドに下りたウリエルが、こちらを見上げて驚愕した。

分かる。天使の力の真髄《しんずい》が、今なら感じ取れる。

「光炎、光土……」

炎の光線と、土の杭《くい》を一斉《いっせい》に放つ。

それだけではないはずだ。俺は左右に風の杭と水の杭を生み出す。

「これが、光風」

速く、そして自在に曲げられる光。

放った光の杭は、目にも留まらぬ速さでウリエルの脇腹を抉《えぐ》った。そのまま杭は旋回《せんかい》して、渦《うず》を巻くような動きで少しずつウリエルを削《けず》り取る。

ウリエルは光土の鎧でどうにか身を守ろうとするが――。

「これが、光水か」

液状化できる光。

掌《てのひら》をウリエルに向けて、光水を発動する。

瞬間、光輝《ひかりかがや》く水の激浪《げきろう》が放たれた。

ウリエルの正面に、五重の《光壁《ウォール》》が現れた。しかし光の激浪は、土の壁を次々と押《お》し倒《たお》していき、最後にはウリエルを飲《の》み込《こ》んでみせる。

「ぐ、うう……ッ⁉」

光土の鎧は相当硬い。ウリエルはまたしても耐えようとした。

刹那《せつな》、俺は指を軽く上に曲げる。

ウリエルの足元にある光の水溜《みずた》まりから、三つの《光杭《パイル》》が放たれた。

「がッ⁉」

足元から飛び出た水の《光杭《パイル》》に、ウリエルは貫かれる。

光を液状化して操作できるということは、形状を自由に変化できるということだ。

光凪は、変幻自在《へんげんじざい》の軌道《きどう》。

光水は、変幻自在の形状を実現するらしい。

「化物、め……」

ゆっくりと地上に降り立つ俺を見て、ウリエルが焦燥《しょうそう》する。

「人の身でありながら、あらゆる亜人の王を超えられるなど……お前は、種族の垣根《かきね》を越《こ》えた、全ての王にでもなる気か……」

血を吐《は》きながら、ウリエルは俺を睨《にら》む。

「――そんなものに興味はない」

俺はウリエルに言い放った。

「俺はただ……天使たちの争いから、エディを解放したいだけだ」

「……ケイル」

視界の片隅で、エディが潤《うる》んだ瞳でこちらを見ていた。

ミカエルからエディの境遇《きょうぐう》を聞いた後、俺はそのために戦うと決意した。

大会の参加者や観客を守るためだけではない。

俺はずっと――エディを解放したかった。

戦慄《せんりつ》するウリエルへ、掌を突き出す。

「――《光枷《バインド》》」

光輝く炎《ほのお》の枷《かせ》が、ウリエルの全身を縛る。

「……待て」

「《光枷《バインド》》」

頑強な土の枷が、更にウリエルの全身を縛る。

「待て……ッ!!」

「――《光枷《バインド》》」

水流の枷と、旋風《せんぷう》の枷が、ウリエルの全身を縛る。

完全に動きを封じられたウリエルの前で、俺は全ての力を引き出すつもりで掌に光を溜めた。白閃の名に相応しい、世界を白に染め上げる光……それを極限まで凝縮する。

俺の中にある直感が——【素質系・王】が囁《ささや》いていた。

光炎、光土、光風、光水、四つの力を混ぜ合わせることで、天使の光は更に強くなる。

強くなっているのは、威力でも速度でもない。

浄化《じょうか》の力が、膨らんでいく。

「……分かっているのか？」

白い光に照らされながら、ウリエルは言った。

「神族が復活すれば、亜人という概念《がいねん》が消滅《しょうめつ》する。……奴らは、治療《ちりょう》という名目で亜人を駆逐《くちく》するぞ」

「そうはさせないのですよ」

ミカエルが、ウリエルを睨みながら告げる。

「神族が眠《ねむ》りから覚めたら、交渉《こうしょう》するつもりなのです。……もはや亜人は種族として成立し、尊重するべき個性となったことを」

「無駄《むだ》だ。……相手は、特種兵装のような兵器をいくらでも創る種族だぞ。彼《かれ》らが強硬手《きょうこう》段に出れば、俺たちが敵《かな》うはずがない」

「それこそ誇《ほこ》りの問題なのです」

ミカエルは凜然《りんぜん》と言った。

「寝込《ねこ》みを襲《おそ》わないと、生き長らえることができないようなら……どのみち天使は終わりなのですよ」

説得は無駄だと悟《さと》ったウリエルが、ぐにゃりと表情を歪めた。

「ケイル」

エディが、俺の隣《となり》まで近づいた。

「そのまま放つと、反動が大きすぎる。流石《さすが》の君でも耐えられないよ」

言われてから気づいた。

確かに、これほど強力な浄化を使うと、反動もかなり大きくなってしまうだろう。

エディは俺の手の甲《こう》に、自らの掌をそっと重ねた。

「範囲《はんい》を狭くしよう。……光の操作は僕に任せて」

「……ああ、頼《たの》む」

手を重ねたまま、俺たちは掌をウリエルに向けた。

真っ白な輝きが大きくなる。

「《光壁《ウォール》》――――ッ!!」

ウリエルは眼前に幾重《いくえ》もの光輝く土の壁を生み出す。

だが、そんなものでこの一撃は防ぎきれない。

凝縮された白い力を、俺は解き放った。

「――《虹の浄化《ビフレスト》》」


光炎《こうえん》、光土、光風、光水、それぞれの力が混ざり合い、虹色《にじいろ》の光が景色を染めた。

虹の光は、俺たちに対する敵意を感知して、一瞬《いっしゅん》で浄化する。

視界の片隅で、会場を跋扈《ばっこ》していた黒い天使たちが次々と元の姿に戻っていた。

浄化の極致《きょくち》とも言えるこの技《虹の浄化《ビフレスト》》は、『天翼《てんよく》の剣《けん》』による暴走も拒絶《きょぜつ》する。

虹の光はグランセル杯《はい》の会場を照らした。その範囲内で、微《かす》かでも俺たちに敵意を抱いていた者は例外なく浄化されていく。

戦わずして敵を消す力。

優しくて、恐《おそ》ろしい力だ。

「ぐ、ぉおぁあぁあぁあああぁあァ――ッ!?」

虹の光を浴びたウリエルが、抵抗《ていこう》の意を示すかの如く咆《ほ》えた。

だが着実に、浄化は進んでいる。

『ウリエル様。貴方《あなた》に伝えたいことがあります』

頭の中に、映像が流れた。

『貴方は――』

その記憶《きおく》を見て、俺は微かに目を見開く。

この男はこの男で、信念を持っていたのだろう。

しかし、それでも――情けをかける必要はない。

虹色の光は、ウリエルの野望を打ち砕《くだ》いてみせた。

◆

眩い光が収まった頃《ころ》。

目の前で、ウリエルが倒れていた。

「ケイル！」

一息ついた俺の背中に、エディが飛びついてきた。

「エディ――」

「――無事でよかったっ!!」

勢いよく抱き締《し》められる。

その目尻には涙が浮かんでいた。……心配をかけてしまったらしい。

しかし、ちょっと……長い。背中からエディの体温が伝わってくる。戦いが終わって落ち着いてきたというのに、違《ちが》う意味でドキドキしてしまいそうだ。

どうするべきか困惑《こんわく》していると、クレナとアイナ、二人の少女から鋭《するど》い視線が注がれていることに気づいた。

「……はっ⁉」

エディもその視線に気づいて我に返り、慌《あわ》てて俺から離れる。

「お熱いところ申し訳ないのですが、余計な注目を浴びる前に、ウリエルの身柄《みがら》を確保しておきたいのですよ～？」

「す、すみません、ミカエル様」

エディは顔を真っ赤に染めて謝罪する。

ミカエルは地面に落ちた『神伝駒』を拾った。

これでもう、ウリエルに操られる心配はない。あとはウリエルの身柄と、『天翼の剣』を回収すればいいだけだ。

地面に倒れるウリエルへ、近づく。

刹那――光輝く土の杭が、全方位へ放たれた。

「なっ!?」

完全に想定外な一撃だった。

咄嗟に《光壁《ウォール》》で杭を防ぐと、砂塵が舞う。

まさかまだ戦意が残っているとは思わなかった。

それほどウリエルの覚悟《かくご》は凄まじいのか……記憶を見た俺は納得する。

視界を塞《ふさ》ぐ砂塵が、大きな風と共に吹き飛んだ。

一瞬、虎《とら》の腕《うで》が見える。アイナが『部分獣化』で腕を大きくして払《はら》いのけたらしい。

しかし、そこには――ウリエルの姿がなかった。

「逃げたっ!?」

エディが焦燥する。

どうやらウリエルは今の一瞬で逃げたらしい。

この期に及《およ》んで諦《あきら》めていないとは……強い執念《しゅうねん》を感じる。

(だが、仮に逃げたとしても……)

あの傷で、そう遠くまで逃げることはできない。

全員と目配せして、すぐにウリエルを探すと決める。

もう油断はしない。

俺たちは、慎重《しんちょう》にウリエルを探した。

◇

「は、ははは……っ！　奴らめ、油断している……ッ‼」

ウリエルはボロボロの姿になりながら、這《は》いずってケイルたちから逃げていた。

無惨《むざん》な姿だった。天使としての矜持《きょうじ》の欠片《かけら》も感じられない。しかし、そのような屈辱にも耐えられるのは、この劣勢《れっせい》の中で一筋の勝機を見出《みいだ》したからだった。

「私の部下は……まだ、残っている……‼」

万一に備えて、部下を分散しておいてよかったとウリエルは思った。

会場まで連れてきた部下は全員無力化されてしまったが、各地で待機させていた部下の数は五十人以上。それも全員が精鋭《せいえい》だ。

あの男――ケイル＝クレイニアが放った虹の光には驚《おどろ》いたが、幸い部下たちは光の範囲《はんい》外《がい》にいた。浄化の力は届いていない。

（加えて……『神伝駒』は奪《うば》われたが、私にはこれがある）

ウリエルは右手で握《にぎ》る剣を見た。『天翼の剣』……これさえあれば、部下をいくらでも強化できる。状況《じょうきょう》を覆《くつがえ》すには十分な戦力となるはずだ。

召集命令は既《すで》に出している。残った仲間もそろそろ会場に着く頃だろう。

「ウリエル様」

ふと、一人の天使がウリエルに近づいて声をかけた。

その天使の顔を見てウリエルは笑う。部下の一人だった。

「来たか。……事態は急を要する。すぐに戦闘《せんとう》の準備を――」

「も、申し訳、ございません……」

ウリエルの言葉を遮って、天使は謝罪し――静かに倒れた。

「……なんだと?」

よく見ればその天使はウリエルに勝るとも劣《おと》らないほどボロボロの姿だった。全身には切り傷が刻まれており、既に気を失っている。

ウリエルは軋《きし》む身体に鞭打《むちう》ち、ゆっくりと立ち上がった。

そして、唖然《あぜん》とする。

目の前には、気を失った部下たちの山が積み上がっていた。

「馬鹿な……全滅《ぜんめつ》、だと……？　一体、誰が……？」

見事に全員やられている。

誰が、いつの間にこんなことをしたのか。ウリエルは混乱する。

「こんにちは」

その時、この殺伐《さつばつ》とした光景に似つかわしくない、凛《りん》とした声が聞こえた。

「お前は……剣姫《けんき》？　何故、ここに……」

振《ふ》り返ったウリエルの目の前には、銀髪《ぎんぱつ》の少女が佇《たたず》んでいた。

剣姫ミュアは、怜悧《れいり》な瞳でウリエルを見据《みす》える。

「貴方の敗因は明白です」

「なに……？」

「特種兵装『神伝駒』は、貴方には使いこなせません。あれは文字通り、神が天使という名の駒に、命令を伝える道具……あれを扱えるのは、神族と呼ばれる人種のみです」

その発言に、ウリエルは目を見開いた。

ウリエルはケイルたちとの戦いで、何度も『神伝駒』を発動しようとしていた。しかしインターバルが終わったにも拘《かか》わらず、上手く発動しない時があった。

「お前……何者だ」

怪訝《けげん》な顔をするウリエルに、ミュアは顔色一つ変えずに答える。

「アールネリア王国・遺物回収班所属――ミュア＝クレイニア」

鞘《さや》から剣を抜《ぬ》きながら、その少女は告げた。

「剣姫は、表の名です」

遺物回収班。その名にウリエルは聞き覚えがあった。

アールネリア王国の秘匿《ひとく》組織だ。その任務は主に神族の遺物を回収・管理すること。神族の遺物の中には、当然、特種兵装も入る。

特種兵装を含《ふく》む神族の遺物は、凄まじく強力だ。それ故《ゆえ》に世界各国が欲《ほっ》している。

アールネリア王国の遺物回収班は、その道では有名だった。遺物を回収するためなら一《いっ》切《さい》の慈悲《じひ》なく敵を殺す、裏の戦士たちだ。

その一人が――目の前にいる。

「ハイエナどもめ……お前たちのような輩《やから》がいるから、極力目立ちたくなかったのだ」

「あれだけ自分から目立っておいて、私たちのせいにしないでください」

ミュアは溜息《ためいき》交じりに言う。

「貴方、神族の子孫なんですね」

その一言に、ウリエルは今度こそ息が止まるほど驚愕した。

「だから偶《たま》に『神伝駒』を使えたんでしょうけど、誤作動のようなものです。あの道具は神族の血縁《けつえん》で、なおかつ人間でなければ使用できないとされていますから」

天使に生まれたウリエルに『神伝駒』は使えないと、ミュアは暗に言う。

「な、何故、そこまで知っている。『神伝駒』だけじゃなく、俺《おれ》のことまで……」

「遺物回収班は、神族が残した記録の一部を所有しています。だから他にも色々知っていますよ。例えば『天翼の剣』の正式名称《めいしょう》は『有翼《ゆうよく》人種Ｉ型翼性細胞《よくせいさいぼう》強制活性化装置』というそうです。……天使って、昔は有翼人種と呼ばれていたみたいですね」

淡々《たんたん》とミュアは語る。

「『神伝駒』の存在も最初から認識《にんしき》していました。ですから、それを狙《ねら》う組織もきっとあるだろうと思い……貴方の存在に行き着いたんです」

その段階で、ウリエルの情報も調べたのだろう。

「ふ、ふざ、けるな……っ」

目の前の少女から、尋常ではない圧力を感じる。

見るだけで分かる圧倒的《あっとうてき》な強さ。……どう足掻《あが》いても敵わない絶望がのし掛《か》かった。

ウリエルの脳内で、過去の記憶が反芻《はんすう》される。

普通《ふつう》の天使として生まれたはずのウリエルは、五歳《さい》になる頃、天界の権力者たちに自分は神族の子孫なのだと教わった。

十歳になる頃、神族が残した研究資料を閲覧《えつらん》する権利を得たウリエルは、神族の考えについて学ぶ。……それは、今の時代の価値観とは絶対に相容《あいい》れないものだった。

彼らは亜人《あじん》のことを感染者と呼ぶ。

彼らにとって亜人とは、治療するべき対象でしかないのだ。

神族の支配下から逃れるには、彼らが眠っている間に殺すしかなかった。だからウリエルは反乱を企《くわだ》てることにした。

その際に生まれる犠牲《ぎせい》は必要なものだと割り切った。邪魔《じゃま》をする者は、たとえ女子供でも皆殺《みなごろ》しにする。そうでもしないと辿《たど》り着けない未来だと思った。

「こんなところで、終わるわけには……っ!!」

ウリエルは『天翼の剣』を自分に突《つ》き刺《さ》した。

最後の手段――自分自身が黒い天使になる。

元々ウリエルは土の大天使だ。そこに『天翼の剣』による超強化《ちょうきょうか》が加わることで、絶大な力を手にすることができる。

「あぁあぁあぁアァアァアァアァ――ッ!!」

全身を黒く染め、漆黒《しっこく》の翼を広げるウリエルは――。

「――抵抗は無駄です」

次の瞬間《しゅんかん》、二つの翼を根元から切断されていた。

「――――ア？」

あまりの激痛にウリエルは気を失う。

朦朧《もうろう》とした視界が最後に捉《とら》えたのは、剣を振り抜いた様子のミュアだった。

何も見えなかった。

ウリエルは何もできなかった。

「うーん……兄さんの手柄《てがら》を奪いたくないですし、この人はここに置いておきますか」

ミュアは剣を鞘に納めたあと、一瞬だけ『天翼の剣』に触《ふ》れようとする。

しかし、伸《の》ばした手を引っ込めた。これも兄の手柄だ。遺物回収班の皆《みな》には怒《おこ》られるかもしれないが、今回の収穫《しゅうかく》はナシという形で終わらせよう。

踵《きびす》を返す前に、倒れるウリエルを一瞥《いちべつ》する。

その身体はミュアと会う前から傷だらけで、既に満身創痍《まんしんそうい》だった。

「兄さん……私は最初から、兄さんが最強だって知ってましたよ」

圧倒的な才能を持って生まれたミュアは、だからこそ兄ケイルの潜在《せんざい》能力に最初から気づいていた。

グランセル杯で試合をした時からではない。

物心つく頃から、ミュアは兄の才能を理解していた。

幼少期……ミュアは家に置いてあった父の剣に、気まぐれで触れた。その瞬間、ミュアは【素質系・剣】という能力に目覚めた。

だがその時、ミュアは能力の覚醒《かくせい》よりも、更《さら》に衝撃《しょうげき》を受けた事実があった。

兄——ケイルから、尋常ではない力を感じたのだ。

能力に覚醒し、感覚が鋭敏《えいびん》になったからこそ、ミュアは気づいた。兄が、自分を遥《はる》かに超《こ》える才能の持ち主であることに。

その事実に気づいていたのはミュアだけだった。

ミュアはずっと見守っていた。兄は自分のことを落ちこぼれだと思っている。兄さんには才能があります！　と正直に伝えても、具体的にそれがどういった才能なのかまでは分からなかったので、有益なアドバイスができなかった。

なんとかできないか……そう思ったミュアは、剣姫と遺跡《いせき》回収班の仕事の傍《かたわ》ら、兄が覚醒する方法を調べていた。

だが、それらが成果を出すよりも早く、兄は覚醒した。

（私以外の誰《だれ》かが、兄さんを覚醒させたのは複雑ですが……許してあげましょう）

本当は自分が兄を覚醒させたかった。

そして盛大《せいだい》に褒《ほ》めてほしかった。

一日中頭を撫《な》でてもらう予定だった。

どこからともなく現れた吸血鬼に手柄を取られたのは悔《くや》しいが……兄を覚醒させてくれたことには感謝しよう。

「よし……今日の晩ご飯はご馳走《ちそう》にしましょうっ!!」

そして兄さんに頭を撫でてもらいましょう！

倒れ伏《ふ》す天使たちには目もくれず、ミュアは楽しそうに帰路についた。

エピローグ

ウリエルとの騒動《そうどう》から、一週間が経過した頃。

俺は学園の教室で、すっかり平和になった景色を眺《なが》めていた。

「ケイル君、おはよっ」

窓の外を見つめていると、背後からクレナに声をかけられる。

振り返って「おはよう」と返す俺に、クレナは明るい笑《え》みを浮《う》かべた。

「もうすっかり元通りになったね」

「ああ。……まあ少し前まではゴタゴタしていたけどな」

一週間前。突如《とつじょ》、会場に現れた黒い天使は、王都の人々に強烈《きょうれつ》な恐怖《きょうふ》を抱《いだ》かせた。元凶《げんきょう》となるウリエルが倒されても、王都の各施設は念のため休業していた。ヘイリア学園もその一つである。夏休みが明けたばかりなのに、またしばらく休日が続いたのだ。

王都の住人が安心したのは、ギルド天明旅団《てんめいりょだん》が事態の収拾《しゅうしゅう》を宣言してからだった。

グランセル杯は中止になり、賞品となる宝冠《ほうかん》も消失したという、まだ全ての問題が解決したわけではないが……一先《ひとま》ず、この街はいつも通りの日常を取り戻したと言える。

事件の当事者である俺たちは、ミカエルが宝冠を回収したことを知っているので、部外者と比べると後味は悪くない。

しかし俺は一つだけ、気になっていることがあった。

(ウリエルの翼が、根元から切られていた……あれは誰がやったんだ)

ウリエルの身柄を確保した際、ウリエルの翼が根元から斬《き》られていたことを思い出す。

ウリエルの身体は微かに黒く染まっていた。恐らく『天翼の剣』を自分に刺したのだろう。つまり、俺たちの前から姿を消した後――それだけの危機に直面したのだ。

ウリエルの周囲には、ウリエルの部下と思《おぼ》しき天使たちも倒れていた。

一体、誰がやったのか。それだけが疑問だ。

「そういえばソフィちゃん……じゃなくてエディ君、今日は遅《おそ》いね」

「……そうだな。いつもはもっと早いんだが」

ウリエルを倒した後、エディは自分のことをクレナやアイナにも告白していた。

二人は驚いていたが、俺と比べると冷静だった。今までも何度か、実は女性なんじゃないかと疑っていたらしい。同じ女性同士だからこそ感じ取れるものがあったのだろうか。

(まさか……もう学園に通う理由がなくなったから、来ないなんてことはないよな?)

エディはいつも時間に余裕《よゆう》をもって登校している。

しかしエディは、ＨＲが始まっても姿を現さなかった。

「皆さん、席についてください。……今日は二つお知らせがあります」

教壇《きょうだん》の前に立ったエルフの担任教師、エリナ先生が静かに言う。

「一つ目。先日、エディ君が一身上の都合で本学園を退学しました」

「……は？」

その言葉に、俺は目を見開いた。

エディが退学……？

じわりと背中に汗《あせ》が滲《にじ》む。まさか、嫌《いや》な予感が的中してしまったか……？

「そして二つ目。……その、転校生を紹介《しょうかい》します」

エリナ先生は何故か複雑な表情で告げた。

がらり、と教室のドアが開き、一人の少女が入ってくる。

金色の髪《かみ》が美しい、華奢《きゃしゃ》な体躯《たいく》の——見覚えのある少女だった。

「ソフィです、よろしくお願いします」

礼儀《れいぎ》正《ただ》しくお辞儀《じぎ》した少女に、俺を含むクラスメイトは絶句していた。

「えー……つまり、エディ君は、ソフィさんだったみたいです」

エリナ先生が困った様子で言う。

誰がどう見ても可愛《かわい》らしい少女だった。クラスメイトたちは、どうして今まで男子だと思っていたんだろう……と困惑しているのだろう。その気持ちはよく分かる。俺もエディの少女らしい姿を初めて見た時はそう思った。

「え……？　いや、え……？　は……っ⁉」

特にライオスの驚きは大きかった。

無理もない。ライオスは以前、この姿のエディを見たことがある。

まさかあれがエディだとは思ってもいなかったのだろう。

エディがいつも通り自分の席へ向かう。

その途中《とちゅう》、隣を歩くエディに俺は思わず声をかけた。

「エディ」

「なに？」

自然な態度で振り向かれた俺は、少し鼻白む。

「あ、いや……これからも、そう呼んでいいんだよな？」

「うん。エディもソフィも僕《ぼく》だからね。……ただ、君のおかげでこれからは自分を偽《いつわ》らなくても済むから、けじめのつもりで学園に入り直したんだ」

「……そうか」

今までの、偽った自分はもう卒業した。

これからは、素の自分として過ごす――そんなエディの覚悟を感じる。

エディは今、天使ではなく人間の姿だった。しかしこれからもミカエルの部下として働き続けるとのことだった。

これは本人が決めたことだ。ミカエルに恩を感じているらしい。

女子生徒として改めて転校してくるとは思わなかったが、きっとエディとは今まで通り親しく過ごせるだろう。

そんなふうに安心していると――ずい、とエディが顔を近づけてきた。

「ケイル。僕は確かに、今まで君と一緒《いっしょ》に過ごしてきたエディだけれど……」

エディは、頬《ほお》を真っ赤に染めて言った。

「その……これからは、ちゃんと女の子としても見てくれたら嬉《うれ》しいな」

あとがき

坂石遊作です。

この度は本書を手に取っていただきありがとうございます。

4巻は天使編です。

これまでに吸血鬼編、獣人編、悪魔編とやってきましたが、悪魔の次ならやっぱり天使だろうと思い、この順番自体は結構前に決めていました。

以下、ネタバレ注意です。

3巻あとがきでも書きましたが、この作品の世界観は、現実の神話などをモチーフにしています。悪魔編に登場する悪魔の家名がソロモン72柱と同じだったり、吸血鬼のミドルネームにツェペシュやバートリがあったりしたのがまさにそれです。

その世界観の全貌が、この4巻では明らかになりました。

厳密にはモチーフにしているというより、現実とリンクしています。


最弱無能が玉座へ至るという作品を書くにあたって、僕が最初に思ったことは「色んな種族を出したい！」でした。だから本作にはメインテーマになった吸血鬼、獣人、悪魔、天使以外にも、エルフやドワーフなど沢山の亜人がいます。

ただ最近のライトノベルでは、これら亜人がただのキャラクターの属性としてのみ使われていることが多く、折角なのでもっと深掘りしたいと考えました。その結果、
吸血鬼や獣人ってどんなところに住んでいるんだろう？

もし人間と共存するとしたらどうなるんだろう？

彼らだけの独自の問題ってないんだろうか？

などなど、色んな疑問が湧いてきました。


これらの疑問を解決するために、亜人について調べようと思いました。すると、現代のファンタジー作品でお決まりの亜人には、それぞれ原点があると分かりました。

例えば吸血鬼。一度死んで土葬された人間が息を吹き返して墓から出てきた様が伝承として語り継がれたとか、伝染病の象徴として使われていたなど、色んな説があります。古くからフィクションにも数多く登場しましたが、その際、血の伯爵夫人と呼ばれる連続殺人者が吸血鬼のモデルに使われたこともあります。

彼女の名前はバートリ・エルジェーベト。

クレナのミドルネームは、ここから拝借しました。

獣人の場合、今でこそ可愛らしい猫耳の娘や兎耳の娘などがライトノベルなどで登場するようになりましたが、最初の動物は恐らく狼です。狼人間という有名なキーワードはきっと読者の皆様もご存知かと思います。満月を見ると身体が狼に変わってしまう人間。ウエアウルフやワーウルフ、ライカンスロープなどと呼ばれています。人狼というゲームのモチーフにもなっていますね。

本作の獣人は、狼の獣人を神聖視しており、玉座につかせていました。それは獣人の元祖が、狼の獣人だったからだという言い伝えがあるからです。

調べれば調べるほど、亜人には歴史があると判明しました。そしてこの歴史をなんとか作品に活かしたいと思った結果、本作の世界観は「ハイファンタジーに見せかけた未来の現実世界」といった形になりました。

ただ悩みもありまして、この設定をどこで明かすべきかずっと考えていました。少なくとも序盤で明かすと混乱を招くだけなのでそれは避けました。加えて作中でもこの隠された真相を口にできる人物は限られていました。神族と繋がりのある天使、その眷属であるエディがようやく語ってくれたので胸を撫で下ろしています。

4巻も楽しんでいただけたなら幸いです。

【謝辞】

本作の執筆を進めるにあたり、編集部や校閲など、ご関係者の皆様には大変お世話になりました。担当編集様、僕が無意識に曖昧なままにしていた設定などを指摘していただきありがとうございます。刀彼方様、今回も亜人の個性が光る魅力的なイラストを作成して頂きありがとうございます。エディは勿論、ミカエルの無邪気な雰囲気が非常に可愛いです。クロウ、ウリエルも雄々しくて貫禄があって、とてもかっこいいです。

最後に、本書を手に取って頂いた皆様へ、最大級の感謝を。

HJ文庫 https://firecross.jp/
998

最弱無能が玉座へ至る4
～人間社会の落ちこぼれ、亜人の眷属になって成り上がる～

2022年4月1日　初版発行

著者——坂石遊作

発行者—松下大介
発行所—株式会社ホビージャパン

〒151-0053
東京都渋谷区代々木2-15-8
電話　03(5304)7604（編集）
03(5304)9112（営業）

印刷所——大日本印刷株式会社

装丁——BELL'S／株式会社エストール

Printed in Japan

ISBN978-4-7986-2804-2　C0193